都与你有关 全世界的温暖

without winter
in my world
after meeting you

任初 著

北京联合出版公司
Beijing United Publishing Co.,Ltd.

目录
Contents

1

/ 听说爱情曾来过 /

所以如果，我是说如果，

真的有下辈子，我不愿为人。

只想做一片生命短暂的绿叶，

向着阳光不卑不亢地活一次。

——任初时

出国那日，任远特地将这段话用毛笔写在房间的白色墙壁上，练了多年的狂草终于有了用武之地。

任佳佳推门而入，看到他如此疯狂的行径后第一反应就是喊来了任妈妈告了一状。

鉴于任远就要离家，任妈妈也没怪罪他这一破坏房间美感的行为，只当是他对过去几年累积起来的压力的一种宣泄。

看到任妈妈的态度，任佳佳不免失望，"妈，你不喜欢我了，你现在就只喜欢哥哥，他现在是你们的骄傲。"

"说什么傻话呢？你永远是最讨喜的。"

任佳佳最喜欢别人说她讨人喜欢，很受用地转而将视线投向墙上的那些字，问任远："任初时是谁？也姓任，是我们家的亲戚吗？为什么我完全没有印象？"

"她不是我们家的亲戚。"

"那她是谁啊？"任妈妈也在好奇。

任远怔了怔，不知要怎么回答这个问题。

于他来说，任初时便是这样的存在——"爱若难以放进手里，何不将这双手放进心里。"

本该一直缄默不语，可这份思念太过漫长孤独了，他也想就这么一次，说说他的爱。

她是谁啊？是他的阳光，是他的动力，是他生命中最美好的遇见。

但他只能模糊地回答："她存在过，只是你们都不知道而已。"

的确，他们都曾与她共同生活了三年时光，只是那时候，她的名字叫苏荷，不叫任初时。

"是你喜欢的女孩吧。"任妈妈一语中的。

"嗯，暗恋。"

任远想只要是有心人，就能在百度上搜索到任初时这个名字，下面会出来一堆信息，不同的媒体撰写着同一条新闻——已故缉毒警的家属遭遇毒贩疯狂报复，一家四口死于纵火。死者之一的名字便是任初时。她年迈的爷爷奶奶、幼小的弟弟一夜之间都以那么惨烈的方式离开人世。

任远不知道任初时是怎么偷偷活下来的，但他终于开始理解初时的故作坚强，毒贩逍遥法外，她不得不改名换姓来到这座大城市读大学，她明明不缺钱却一直为钱奔波着，或许她只是想让自己变得忙碌，这样就没有时间去想那段积压在心中深深的仇恨。

"我不明白，为什么你要用那么荒唐的词语来形容自己的人生？"

"相信我，这是我认为最适合的词语了，畸形，没错，我的人生的确是畸形的。所以如果，我是说如果，真的有下辈子，我不愿为人。只想做一片生命短暂的绿叶，向着阳光不卑不亢地活一次。"

"那能不能告诉我，到底发生了什么事？"

"不重要，那些都不重要。你现在的心思只需要放在高考上，其他的都不许想。"

任远失落的同时听见她又说："等你高考取得了好的成绩，我就把这些事都告诉你，关于我的人生为什么是畸形的。"

"好，你放心，我会好好考的。"

"看来，我变成小富婆的愿望就要实现了。"任爸爸许诺她，如果任远考进南大，那么他就会给她一笔丰厚的奖金。她说这话时并没有多少激动，可见她并不是真的爱财如命。

"等你拿到了奖金，就跟我们一起去墨尔本度假吧。"

"我的毕业旅行好奢侈啊！好，就这样吧。"

那天，是她最后一次在任家书房里给任远做家教老师，也是任远最后一次见到她。

往后，她就这样凭空消失在这个世界上，连一句再见都成了奢望。

而他后来在整理书桌时看到了她留下的纸条，很简单的一句话：我不是苏荷，我叫任初时。

记得某天他曾问她有什么梦想，她只简单地说了句："做自己。"而后一笑而过，风轻云淡。

现在回想起来，连简简单单的做自己，她都无法做到，当时的她该有多难过啊。

任妈妈感到诧异，"儿子，你大学四年不谈恋爱，一心扑在学业上，让你谈恋爱，你说你很忙，没想到你不是没时间，只是心里已经放了一个人呀。这个女孩，现在在哪儿？"

她在哪儿？

听到这个问题，任远的表情略微僵硬了，他摇了摇头，声音极低地说："不知道。"

"什么嘛！"任佳佳显然不满意这个回答。

任远淡淡地笑了，从他知道她叫任初时开始，她在哪里已经不重要了，他只希望她能在这个世界的某个角落平安活着，这就够了。只是，四年的时间，不长不短，如果她还在，为什么都不与他联系？所以，无数次任远都在想，也许她已经不在了。

而她是否如愿？真的变成了一片绿叶，生机盎然，迎着阳光，不卑不亢。

任妈妈想到厨房里熬的汤，急急忙忙跑出房间，任佳佳正要跟出去，任远拉住她的手臂，说："有件事要你帮忙。"

"什么事？"

"把我的画放在你的画展里，只需要在一个角落展览就好。"

"什么画？"

任远绕过她打开衣柜，从里面拿出了那幅油画，小心翼翼地放在床上。

任佳佳心急手快地撕开了包着的牛皮纸，画中身着白衣的少女站在被阳光洗礼的绿叶丛中，用色淡雅素净，沉稳大气。

"画得不怎么样。"任佳佳一脸嫌弃，顿了顿，"不过，你第一次求我，我帮你这个忙。这幅画叫什么名字？"

任远想了想，说："就叫《少女初时》吧。"

"不是吧，这个女孩是任初时？"

"我练习了四年，终于将她留给我的最后记忆用画保存了下来。"

"你暗恋了四年？"

"不，是七年。"

任佳佳傻眼了，"哥，你也太纯情了，我真好奇你们之间的故事。我要是你，天涯海角，都要找到她。"

"世界太大了，而我们都太微小了。我能做的，只是在原地等。"

"那你还出国读研？"

"我想变得更优秀。"

"你已经很优秀了，我的哥哥可是去剑桥读研的人，我为你骄傲。"

曾几何时，在那些灰暗的青春年少里，他苍白羸弱，沉默寡言，脾气倔强，还成绩不好，常常被忽视在角落中，那个时候家里的宝贝是任佳佳，她从出生起就得到了所有人的喜爱。

从不讨人喜到成为大家的骄傲，他所有的付出，似乎都得到了回报。

这辈子，他记事以来得到的第一句赞美，来自任初时，在遥远的七年前。

——我为你骄傲。

06

午饭后，任爸爸开车载着全家去机场给任远送机。

偌大的机场人潮熙攘，这里每天都在上演着离别的悲伤，归来，远去，都是匆匆的。

任远换好登机牌后办理好行李托运，在安检口，他们做了道别。因为舍不得，大家的情绪都有些崩溃，就连平日里一贯冷静的任爸爸也激动地流了泪，用力抱住了任远，"是个男子汉了，好好地照顾自己，过段时间我们去英国看你。"

"嗯，你们也要好好照顾自己。"任远坏坏地笑了，"忘了告诉你们，任佳佳谈恋爱了，男友我见过，不怎么样。"说完得意地跑进安检处。

任佳佳没有想到任远会出卖她，有些气急败坏，从任爸爸手中抢过车钥匙，匆忙说了句："我去车上等你们。"她可做不到若无其事地面对家长。

任爸爸长叹了口气："他们都长大了，我突然想到了那个女孩。"

"苏荷？"

"小远如愿进入南大，我答应要给苏荷一笔钱的，没能做到，终归是有些遗憾的。"

"那个女孩，的确给我们家带来了奇迹。"任妈妈感慨万千，"如果没有她，四年前，小远就会被你送出国混文凭。"

看着儿子挺拔离开的背影，任爸爸欣慰地笑了。

机场的另一边，巨大的落地玻璃墙外，碧蓝如洗的天空下，出租车井然有序地搭载乘客。任初时手里捧着一杯咖啡，无聊地看了看手机的时间，然后继续趴在桌子上发呆，阳光晒得她懒懒的，昏昏欲睡。后来实在是困得灵魂都要出窍了，就索性趴在桌子上睡觉。

两个小时后，她终于听到有人在叫她的名字。

——苏荷。

她有些没有反应过来，毕竟在美国的那些年，别人都知道她的中文名字叫任初时。

而今回到南城，她才恍惚惊觉自己当初在南城到底撒下了一个怎样的谎言——占用了最好朋友的名字，甚至是人生。

她突然对自己的行为感到羞耻，也很想去纠正什么。

"苏荷，对不起，我迟到了，临时有点工作要处理。"来人气喘吁吁地在对面入座。

任初时回过神来，淡淡笑着，将咖啡递过去："没关系。"

"谢谢。"咖啡已经冷了，杨很快喝完，利落地将纸杯扔进垃圾箱里，起身拉着任初时的行李箱，"我们走吧，晚上我帮你叫了几个大学同学一起聚聚，算是为你接风洗尘。"

"啊？我们都已经这么多年不联系了，这样突然见面会不会很尴尬？"任初时有些为难。

"没关系啊，他们都挺记挂你的。"

听到杨这样说，任初时放心了。大学时期她的人缘不算好，没想到还有人记挂她，不由感慨道："还是祖国人民好啊，我的心暖暖的。"

"你以为我们大家都像你那样没心没肺的，领完毕业证就跟人间蒸发了一样，谁都不联系，我自认为是你大学时期最好的朋友耶，你太令我伤心了。好在我们一如从前的有缘，半年前居然在微博上遇到了。"

"是啊，真的好巧。"只是因为她工作忙，虽然有了联系方式倒也很少聊天。

这次回国，南城只是中转城市，她本想低调地路过，没想到杨坚持要来接机招待她，态度强硬，想拒绝都难。

任初时微笑着坐上了那辆白色的东风标致，车子随着车流缓缓开动，离开机场。

此时，飞往伦敦的BA168航班在跑道上缓缓滑行，随后冲入云霄，发出巨大的轰隆声，留给蓝天一道美丽的白色绸缎。

同一天，她从纽约归来，他飞往英国。

谁也不曾想，他们会这样戏剧性地错过。

不能错过，偏偏错过。

杨现在做的工作还是大四那年找到的，在希尔顿逸林酒店，所以任初时可以以员工价入住酒店客房。

一路上任初时都很沉默，所以杨总在找话题聊天。

"毕业后大家世界各地跑，我当时特羡慕他们，但还是咬咬牙做着朝九晚五的工作，存点小钱，偶尔奢侈一下。等到我想出国生活一段时间的时候，我发现大家都陆续回来了，在这座城市落叶生根。他们开始羡慕我，都说我过得不错，然后我突然也觉得当初的坚持是对的。我最近刚升任经理，这份工作一做就是四年，到现在也算是有所作为了。苏荷，说说你吧，这几年你都在做什么，怎么可以一次也不跟我们联系？"

任初时回想一番，说："出国后读研、工作，每天工作十几个小时，出差是家常便饭，工作伙伴换了一批又一批，有时候看着镜子，觉得自己沧桑了，不知道为什么会撑了这么久，想想都觉得可怕。至于为什么没联系，真的是因为没有时间，我连睡觉的时间都觉得很奢侈。"

"你就是太爱逞强了。对了，现在身体好点了没？"

任初时苦涩地笑，"我也不知道算不算好，就是觉得每天都很累，就算什么都不做，也很累。"

"大概是你长期处在高度压力下的后遗症吧，等休假结束后，还是换份轻松点的工作吧。你现在的工作虽然收入很高，但是身体垮了就不值得了，有几个女人会因为拼命工作累到吐血的，你也算是朵奇葩了。赚钱这种事还是交给男士吧，我身边倒是有几位年轻有为的成功男士，可以介绍给你。"

任初时听出端倪，"看来你已经名花有主了。"

"是啊，他被公司外派瑞士一年，等他回国我们就结婚。"笑得春风得意。

初时由衷地说："挺好的。"

说话间，杨将车开进酒店的地下停车场，坐电梯到酒店大堂帮任初时办好了入住手续。在房间里洗了澡吹干头发后，任初时特地挑选了一件白色棉麻带点民族风刺绣的上衣，下面搭配一条蓝色的棉麻长裙，将长卷发随意地挽了个蓬松的发髻，化了淡妆，看上去有点文艺范。

走出卫生间时，正窝在沙发上玩手机，听到动静后，抬起头，看到这样子的任初时有些傻眼了。

"你现在风格变成这样了，装嫩啊。"一脸鄙视。

"套裙我穿够了，干脆利落我也扮得够久了，现在就想怎么简单怎么来。"任初时随意地从行李箱中拿出那双蓝色球鞋穿上。路过窗边时，脚步微顿，站在这样的高度，整座城市都似乎被踩在了脚下，所有的一切都变得很渺小，这种感觉很酷。

窗外的天色已经有些暗淡了，城市的霓虹也开始亮了，发出星星点点的光芒。

她对说："我们走吧。"

天籁订的餐厅就在酒店的顶层，花园餐厅，可以欣赏到漫天的繁星，因为请来的都是世界顶级名厨，消费自然也高。

餐厅侍者将她们领到一个长桌前，六个人的位子。

"都有谁来啊？"

"我就在班级群里吼了下，宋智、林允都说要来，还有两个男的，以前都追求过你，你给发了好人卡的，林伟西和孙礼。"

初时有些无语："这都八百年前的事情了，你还记得啊？"

"大概是被你伤害了，这俩人现在都是花花公子。"

这也可以怪罪于她？任初时觉得自己真无辜。

夜晚的风凉爽干净，徐徐吹来，令人感到舒适惬意。

"我和我男朋友就是在这里相遇的，我当时在相亲，他在陪客户吃饭，说一口流利的英语，西装笔挺，风度翩翩，我被他迷倒了。"

"原来真的有一见钟情这回事啊，我以前还一直不相信。"初时感慨。

天籁解释："所谓一见钟情都是忽悠人的，不过就是觉得对方在各方面和自己匹配，爱情这回事，可以在金钱的诱惑下慢慢培养的，我和他算是直接跳过爱情培养成亲情的。"

初时大感意外："你才 27 岁就已经不相信爱情了。"

"我一直都觉得青春时期的喜欢才是爱情，那个时候单纯美好，青涩懵懂，现在想起来都令人觉得脸红心跳。"天籁一脸憧憬地说。

"我跟你不一样，我还相信爱情会来，时间早晚的问题。"初时还想说什么，天籁示意她停下。

"俊男靓女组合真养眼。"天籁一脸欣羡。

任初时顺着天籁的视线望过去，两男两女言笑晏晏，款款走来。因为工作的关系，她见过太多把西服穿得儒雅端庄的男人了，早就有了视觉疲劳，但林伟西和孙礼的到来却还是令她眼前一亮，她想到了一个词语，雅痞，倒也是她喜欢的气质格调了。

而林允和宋智都穿着颜色亮丽的及膝连衣裙，珠宝首饰事无巨细，一丝不苟地完美出现在众人面前，和大学时期一样，没有任何改变，精致得不食人间烟火。

初时的嘴角微微上扬，声音甜美地说："好久不见！"

"苏荷，你还是老样子。"林允嘴唇微翘，高傲地入座。

林允口中的老样子便是平凡，她如此故意，不免多了一分嘲笑的意味。初时讪笑，不予计较。

"时隔四年，我终于又见到我梦中心心念念的女神了。"林伟西不正经地说。

"你不是已经有 Jessica 了吗？"宋智毫不客气地戳穿，"倒是我们的孙少这些年一直都没正经恋爱过。"

"声色犬马，不及愿得一心人白首不相离啊。"孙礼笑得晦涩，眼神专注地看了任初时一眼。

任初时不动声色地打开侍者递来的餐单，不参与他们之间的波涛暗涌、剑拔弩张。

"苏荷，你现在有男朋友吗？"林允状似无意地问。

"有了。"任初时脱口而出。

"没有。"天籁说。

几乎同时说出口。

"呃……"谎言被戳破，初时觉得有点囧。

林允笑了笑："27岁没男友不丢人，我觉得你和孙少挺般配的，要不就再考虑考虑接受我们的孙少吧。"

"我暂时不想谈感情。"

宋智不满这样的干脆拒绝："你不要告诉我，这些年你都单身一人。"

"对啊，工作忙得焦头烂额，哪里有时间去伺候爱情？"任初时开玩笑地说。

林伟西惊呼："天呐！我真好奇最后是谁能得到你，这个年纪没谈过恋爱的奇葩，这个社会绝种了。"

就在这时，桌上的手机震动起来，任初时合上餐单，对侍者说："一份水果沙拉，一份肉眼牛排，一杯Mojito。"然后拿起电话走到一旁接听。

"Hello！"

"I can't believe you just quietly back to China."

"So what？"

"Emily, I am your cousin."

"Listen, Simon, don't pretend to care about me."

任初时直接挂断了电话，将手机关机，强颜欢笑地回到座位，继续谈笑风生。

晚餐在相对和谐的聊天中进行着，宋智突然想起什么："苏荷，那个男孩后来找到你了吗？"

一个无厘头的问题，却让在座的人都看向了任初时。

初时觉得莫名，"什么男孩？"

宋智有些不知该怎么解释了，她皱着眉头回想："就是有这么一个男孩啊，他当时很着急地找你，可我不知道你去哪里了。对了，他叫什么来着，任什么？"

初时心里"咯噔"一下，平静的声音带着微颤，眼神灼热地盯着宋智："任远。"

"啊，对！就是他。"

初时怔住了。

"任远是谁啊？"林允好奇地问。

"他说自己是苏荷的学生。"宋智回忆，"很清秀瘦弱的一个男孩。"

"哦，现在他也许都忘记我了。"任初时尽量装作若无其事的样子，意图粉饰那段曾经令她怦然心动的生活。

遇见任远时，他还只是一个正在发育的少年，没有同龄男孩的乖张跋扈和意气风发。他单纯善良，沉默不语，甚至有些怯懦。多年的朝夕相处后，她对他的感情在潜移默化中发生了改变。她矛盾困惑过，也曾经侥幸地想要告诉任远她喜欢他，但最后她清醒地逼迫自己做出了选择，隐瞒自己的感情，故意冷落他。她用年龄差距来说服自己，她比他大，这是永远也无法改变的事实。比自己小、家世优渥的少年，会喜欢自己吗？不，她没有自信。

后来，为了让自己不再自作多情下去，为了不扰乱别人平静的生活，她在仓促中选择了不告而别。

只是听到他曾找过她，她的心里还是有着满满的感动。

晚餐结束后，林伟西提议："Jessica的画廊就在附近，最近有画展，我带你们去捧捧场。"

"Jessica？"任初时好奇。

"Jessica是画界新秀，也是我们的花花公子林伟西最近刚追求到的姑娘。"天籁解释着。

宋智嗤之以鼻："不过就是一个整过容的人造美女。"

林伟西脸色有些难看，微怒："宋智，你再这样，别怪我跟你翻脸。"

林允瞥了宋智一眼，对林伟西说："再不走画廊可就要关门了。"

孙礼拖着林伟西走在前面，宋智似乎很生气，却一直隐忍不发，林允在一边安慰她，任初时走在最后，不明状况。

天籁凑到耳边说："宋智喜欢林伟西。"

一句话令初时茅塞顿开，怪不得。想想也是，宋智可从来不是会委屈自己的人，当然，在喜欢的人面前就另当别论了。

坐着观光电梯下楼，酒店楼下便是热闹繁华的步行街，街道上人声鼎沸，络绎不绝，置身其中令她觉得亲切不已。

那家画廊名叫Time。

Jessica是美院的学生，画廊是她母亲名下的生意。能在这种黄金地段开一家面积颇大的画廊，任初时想这位Jessica想必也是含着金汤匙出生的千金公主。

宋智和林允熟门熟路地推门而入，工作人员笑容满面地过来招待："今天新到了一批画，不知道林小姐和宋小姐有没有兴趣看看？"

"好啊，我刚想把卧室的画换掉。"林允笑着说。

随便一个工作人员就能准确地喊出她们的姓，看样子她们是这里的常客。

初时不自觉地笑了，这样的地方也只适合像宋智和林允这样的富家千金来逛。她们从小纸醉金迷，做派奢侈，出入各种高级派对，追求时尚，追求艺术，眼光挑剔独到，有高于常人的鉴赏能力。不像她，对画连皮毛都不懂。

"你还是像这样笑起来才漂亮。"孙礼不知何时站在初时身边，顿时吓一跳。

"谢谢！"

Jessica的画展在三楼，这栋不规则的建筑只有两种颜色，白色的墙面与黑色的地板，对比鲜明。宋智和林允在一楼看画，初时和天籁他们则在林伟西的带领下上楼，楼梯是黑色镂空的，扶摇直上，二楼是办公室和艺术品储藏室，三楼则专门用来办画展，偌大的空间，有一面巨大的落地墙，窗明几净，能看到江岸金灿灿的夜景，室内明亮的灯光烘托出一幅又一幅精美的油画。

转角处，初时看到一个穿着时尚套裙的女人正看着两名工作人员撤下墙壁上的一幅画，表情认真严肃。

林伟西笑着迎上去，"Jessica。"

"来了，"Jessica只匆匆瞥了一眼他，语气冷淡地打了声招呼，"你们好。"

林伟西有些尴尬地对初时说："她平时率真活泼，今天估计遇到什么烦心事了。"

初时笑了笑，表示不介意。

"也不是什么烦心事，就是我很想我哥，我哥一走，家里变得好冷清。"Jessica 纠正，随后将一旁倚靠在白色墙壁上的画递给工作人员，"小心点。"

"这个位置这么好，你手上的这幅可是有些失了水准了。"天籁理智客观地分析着。

"没办法，我答应我哥，帮他展出这幅画，总不能真给他挂在角落吧。"

"你哥也会画画？"林伟西随口问。

"不会啊，这是他超常发挥的作品了。"

初时细细欣赏这幅相对来说简单的画作，然后她看到了画作右下角的落款——任远。

就在这时，Jessica 无意间瞥到初时，又多看了几眼，"这位姐姐很眼熟啊，我见过你吗？"

林伟西笑了，"她刚回国，你怎么可能见过她？"

"不，我们见过。"初时反驳，不禁莞尔，"任佳佳，你变得这么漂亮，我都快认不出你了。"

Jessica 诧异地注视着初时，熟悉的声音令她想到了什么，下一秒她用手捂住嘴，一脸的不可思议："苏荷姐。"

"是我。"

Jessica 激动地在原地跺跺脚，孩子气十足，然后红了眼睛，抱住了初时。

"能再见到你，真的是太好了。"

"我也是。"

松开初时后，Jessica 无比惋惜地说："真的是太可惜了，我哥今天刚出国了，不然，你们还能见上一面的。"

初时紧张地问："他出国干什么？"

"读研啊，我哥现在这么有出息，苏荷姐是最大的功臣。"Jessica略带骄傲地说。

那就是见不到他了，初时有些失落地说：" 看到你们都过得这么好，我很欣慰。"

"原来Jessica的哥哥就是苏荷的学生啊。"天籁恍然大悟。

"是啊，苏荷姐绝对是世界上最棒的老师，教出了一流的学生。"Jessica的嘴一如既往的甜。

"对了，苏荷姐，你知道我哥暗恋的女孩吗？他跟你提过吗？那几年你们走得很近，你应该会知道些什么吧？"Jessica觉得自己的八卦求知欲就要得到满足了。

"你哥哥有暗恋的人，不会吧？我不知道啊，他从没跟我说过。"初时感到错愕，强忍着心里的失落。如果真是这样，那任远隐藏得可太深了。

"叫任初时，就是这姑娘。"Jessica指了指画上的女孩。

初时有些恍惚："你说什么？"

"任初时，和我们一个姓，我开始还以为是我们家的亲戚，但是我哥说是她暗恋的女孩的名字，而且暗恋了七年哦。"Jessica神采奕奕地说。

画中的女孩清新动人，与现在的她相去甚远。

初时突然感觉自己左边的太阳穴很疼，脑袋像要炸开一样，分不清是因为疼还是内心酸楚，眼泪不自觉地涌出眼眶，在众目睽睽之下，藏都藏不住。

一直珍藏在内心深处的记忆碎片断断续续地在脑海中闪过，关于他与她，关于那些年，千言万语都来不及细说，却已相隔万里，追悔莫及。初时感觉自己快要窒息了。

听说爱情曾来过

她觉得周边的一切都很不真实，似梦非梦。

直到孙礼担忧地抓住她的手臂，她才回过神，破涕为笑。

原来，他们之间存在过爱情。

光阴荏苒，岁月蹉跎，我记得你最初的模样。

是否终有一天，在幸福的角落里，遗憾会开出一朵花，花香四溢。

然后，爱情结束了此生的颠沛流离。

Chapter 1

/ 我会放下往事，管它曾经多美 /

一个人的生活是怎样的？

点一桌子菜，看一场电影，喝一杯奶茶，走在万家灯火中，自己热闹，笑着笑着就哭了。

心变得越来越静，越来越冷。

用别人的话来说就是特立独行、遗世独立、清高孤傲，俗称个性。

这一年，初时二十岁，已学不会依赖。

结束最后一门《中国法制史》的考试后，初时松了口气，因为终于要短暂告别有图书馆、熬夜、咖啡、黑眼圈的生活了，大一生活就此告一段落，没有晚自习的大二生活正在未来亲切地向她招手。

又检查了遍试卷后，初时成为第一个交卷离场的人。然而当她把试卷平放在讲台上正要离开时，班主任面无表情地对她说："等下跟我去一趟办公室。"

初时心里"咯噔"了一下，若有所思地看了眼班主任，走出教室后漫不经心地站在走廊尽头窗户前看着远方空旷的人工草坪。

想起前几天，她终于鼓足了勇气去找一年都没见过几次面的班主任，她想申请住在学校外面。南城大学有规定，大一新生必须住宿舍，如果大二开始要住在外面，需要打申请，递交学工处审批。当然这最重要的前提条件是监护人要亲自来学校确认同意，学校才会放行。

但是，她没办法完成这最重要的前提条件。

"我没有监护人，我是孤儿，我已经是个成年人了，可以对自己的行为负责。"

"怎么可能没有监护人？我记得你父母那栏可都是填上的。"

"那只是两个无关紧要的人名，我们早已经断绝关系了。"

年轻的男老师眼中闪过一丝诧异，忽然笑了："苏荷，你是不是想和你男朋友同居，所以才要瞒着家长申请住在校外，你说你和父母断绝关系，是在忽悠老师的吧。"

"我是孤儿。"初时无奈，再次强调。

班主任沉默片刻后，还是不相信，问："介意我打电话给你所谓断绝关系的父母吗？"

"介意。"初时很干脆地拒绝。

班主任像是找到破绽般，激动地说："你还说自己没有忽悠我？"

"我不会拿这种事情开玩笑。"初时义正词严道。

"那他们是谁？"

初时认真想了想，艰涩回答："母亲与继父，我一直跟父亲住，不过我父亲后来去世了。"

班主任哑口无言，压根没有想到班上成绩第一的女生有着这样的惨痛身世。

"这样吧，苏荷，你让你任何一个亲戚过来学校总可以了吧？"

"我有个姑姑，但她现在不在国内，我们失去了联系。"说完，初时抿了抿唇，强颜欢笑，多少带有讨好的意味，"所以，我才希望老师可以给我多一点宽容与理解啊。"

"好吧，我帮你想想办法。"

班主任终于松了口，初时感到如释重负。然而一转身，当她心情凝重地走出办公室后，意外撞见了走廊上站着的男生——孙礼，是她班级的同学甚至曾经追求过她，也不知道他到底听到了多少，终是尴尬地没打招呼擦肩而过。

她不得不承认，一下子摊开这么多秘密给别人知道，到底是有些伤了她的自尊。二十岁的她，一如从前的敏感脆弱。

我会放下往事，管它曾经多美

她还在恍惚中，突然身后有人用力咳嗽了一声，她惊吓地转过头，便看到一个高大的身影，有着阳光俊朗的样貌，眉眼如画。

孙礼摸了摸后脑勺，笑了笑："昨天有人跟我告白了，你真的不再考虑考虑我吗？"

初时有些错愕，随后释然地说："祝你幸福啊！"

下一秒，他的笑容出现了裂痕，变为一丝的不甘心。

"是吗？只是，拒绝我你真的可以幸福吗？你应该知道跟我在一起，你可以很轻易地得到你没有的一切。"

这一句话就像一颗平地惊雷在初时波澜不惊的心中炸开了，她仰起头，嘴角微微翘起："你家境优渥，出手阔绰，身边朋友一堆，你是天之骄子，而我一无所有，但我依旧不会跟你在一起。"

初时冷淡平静的语气终是打碎了他最后的期望，本想问一句为什么，却觉得是种徒然。于是他只能失落地走远。而在他身后，初时不自觉地蹙起眉，想要说什么终究是放弃了，只是望着他的背影自嘲地笑了笑。

这时，班主任从教室出来。

走过天桥便是教师办公楼，初时低着头跟着班主任来到办公室。班主任走到办公桌前，从抽屉里拿出一张纸，递过来。

"给，学校的同意书，你直接交给宿管站阿姨就好，你可以住校外了。"

"谢谢老师。"

班主任犹豫了会儿，开口问："你是不是和室友们有矛盾了？"

"没有。"初时有些心虚，住在一起一年，就算再完美无缺的关系都会出现裂痕，更何况是她们这四个性格迥异、来自天南地北的女生。不过吵吵闹闹，关系也都维持着表面的平静，不算是有矛盾了，所以初时觉得自己也没有说谎。

"房子找好了没？"

"已经找到了，就在学校附近的玫瑰园。"

临走前，班主任不放心地又问了一次，"真的不是跟男朋友同居？"

初时觉得好笑，摇摇头，做出保证："我大学期间不谈恋爱，所以不会发生老师担心的问题。"

"等你遇到喜欢的那个人，就不会说得这么言辞凿凿了。"

初时笑了笑，离开。

喜欢的那个人吗？或许她已经遇到过了，只是，爱情那种深情的滋味，她还没有体味过。在很短的时间里，在她还来不及确定自己是不是喜欢他的时候，他就匆匆离开了她的世界。

连问一句"现在的你，还好吗"都成了一种奢望，一种遗憾。

这样对我，真的好吗？初时在心中小小地失落了一番。

回到宿舍，初时的三位室友都在各自忙碌着，杨天籁是外省的，宋智和林允是本地人，且是从小一起长大的闺蜜；都是要离校，天籁定的是晚上的火车，显然相比起她的火急火燎，宋智和林允就显得气定神闲了。这三个人里，要说能和她玩得起来的还是天籁。如果将女孩分为平凡与耀眼，那么初时和天籁是低如尘埃，而宋智和林允则属于另一个范畴，公主、名媛。精致的人生，令她们收获羡慕、掌声、鲜花，她们所在的起点对初时她们来说就已经是一种遥不可及。

她们性格迥异，生活习性有着天壤之别，林允和宋智，天籁，初时，是三个小团体，偶尔在林允和宋智之间发生摩擦时，天籁会被牵扯进她们之间，初时则和她们始终保持着十分恰当的距离，偶尔会帮助林

我会放下往事，管它曾经多美

允和宋智打水、带饭、打扫卫生之类，本以为大家能够相安无事地度过整个大学生活，可是就在几个月前，宿舍爆发了一次大战。

原因是林允的前男友孙礼突然对初时展开了追求，而初时却拒绝了，这一点惹恼了林允。用她的话来说就是，他孙礼就算是我曾甩了的前男友，对你这样普通的女孩子来说也是天神般的存在，他追你你乐都来不及，凭什么拒绝他？林允的公主病发作，初时懒得去理会她，于是宿舍开始了长达几个月的冷战，虽然后来关系变好了，但终究彼此相处起来还是有些尴尬。

也是在那次冷战爆发后，初时坚定了离开的决心。

"我有事要宣布。"初时的表情严肃沉重。

林允头都没抬，淡淡地问："什么事？"

"我要搬出去住了。"

"什么？"天籁诧异。

"What？"宋智惊呼。

林允终于放下了鼠标，三双眼睛齐刷刷地盯着初时看。

"为什么？"林允理智地问。

"你们也知道我喜欢写故事给杂志社，但是学校十一点就熄灯了，严重扼杀了我的创作灵感。"

"就这样？"这个理由显然不能完全令林允信服。

在初时绞尽脑汁还想要编些其他理由时，林允冷漠地摆摆手说："哦，随便你了。"

初时暗自吐了口气："我请你们出去吃晚饭，地点你们挑。"

"也行。天籁，你改签下火车，今晚我们宿舍的人要好好玩玩。"林允和宋智对视一眼，面露喜色。

"好。"杨天籁看了一眼初时，欲言又止。

地点是宋智决定的，四季酒店的雅间。

"这次要好好地放你的血，就当你先弃我们而去的惩罚。"宋智说。

"应该的。"初时赔笑，早在心里做好了准备。

后来，她喝得酩酊大醉，昏睡前，只依稀记得天籁泪眼婆娑地附耳说："你为什么要一声不吭地抛下我呢？我以为我们是朋友的。可是没有朋友会这样背叛我，把我一个人留在充满绝望的环境中。"

她知道，天籁是真的伤心了，她很想去安慰她，可是能说的话都是借口。

凌晨，初时自头痛欲裂中睁开眼睛，四周一片漆黑，只阳台上有些光源，随风起舞的窗帘后面似乎坐着一个人影，依稀能看到远处的霓虹绚烂。

这是个陌生的房间，一种莫名的恐惧感在初时心里油然而生，她坐起身来，一颗心几乎提到了嗓子眼，慢慢掀开被子，看到自己衣衫完整，松了口气。

有轻微的脚步声传来，随后，"吧嗒"一声，房间里变得明亮，偌大的水晶灯发出璀璨的光芒，不放过每一个角落。同时，初时也看到了那个男人的脸，还未放松的神经又一次紧绷起来。

"怎么是你？"

"就是我啊，孙礼。"

初时脑袋里出现大片的空白："为什么我会在这里？我应该是和林允她们在喝酒的。"

"你喝醉了，林允就把你送来酒店房间休息了。"

"哦。"转念间，初时突然想起，"那为什么你也在？"

"苏荷，你可不可以不要这么单纯？你还想不明白吗？"

"什么？"初时是真的不懂。

孙礼立在床前，倒了一杯水，递给她，然后坐在床边，温柔地理了理初时的额前碎发，忧伤地说："你知道吗？苏荷，只要我稍微狠下心来，我就完完全全得到你了。林允她们把你灌醉，就是想把你送来我的床上，让我对你为所欲为。可是，你为什么要说那些话呢？你让我对你无可奈何。"

初时睁大了眼睛，不敢相信自己会遭遇这样的事情，被曾经生活在一起一年的同学背叛，差点酿成大错。

她渐渐冷静下来，"我都说什么了？"

"玩真心话大冒险的时候，我就站在门外。宋智问你，如果班上有个男生要追求你，你最希望是谁。还记得你说什么了吗？"

初时隐约想起了大概。

她当时想了会儿，说："如果真的希望一个男生来追求我，那就孙礼吧。"也许是因为酒醉壮人胆，她一下子褪去了所有的防备，说话也变得口无遮拦。

"你说我曾经差点就追到你了，我们离在一起就差了一步，我想知道差了哪一步。"

初时抿了口水，让嗓子不再那么干裂。

柔和的灯光折射在孙礼的脸上，五官分明，唇红齿白，他被许多人喜爱，却也是不甘寂寞的。

"你的身上有我喜欢的很多优点，你聪明健谈幽默风趣，长得帅气阳光，走到哪里都像一幅画报。你的魅力几乎无人能挡，我也不例外，我也曾渴望被爱、被宠，但你的女人缘太好了，你在向我表白后的当晚就和班上的一位女生出去玩了通宵，也许你们什么都没发生，但是暧昧挑逗总归是有的。你什么都好，就是给不了我想要的安全感。"

"那天你拒绝了我。"孙礼拔高了声音，语气神情中无不透露着一个讯息：我没错。

"是啊，我因为自卑拒绝了你，你可以去尽情享受转移悲伤，我拒绝后就后悔了那是我矫情折腾。不过，这样的结果才是正确的。"

"不，这是错误的。"孙礼激动纠正，懊恼万分。

初时只觉鼻子一酸，喉咙哽住了，她努力地睁大了眼睛，不想让自己流下眼泪。每一次只要想起那个人，她总是觉得心酸。

"高二那年，我喜欢一个男孩。他叫苏亮，刚大学毕业，青涩害羞，每次我跟他说话他都会脸红；他的肤色是健康的小麦色，容颜硬朗，我被繁重的课业压得有些喘不过气。可是只要一想起他，我的心里就觉得很甜蜜很轻松。我觉得那是喜欢，或许比爱淡一点，但我还来不及求证，他就离开了人世。你们其实长得有点相像，所以我以前才会多看你几眼，被你误会我喜欢你，不是你狂妄自大，而是我真的有在注视你。"

"所以，我是他的替身？"孙礼觉得难以置信，无语地动了动嘴角，"那好，我就做替身，我们在一起，我不会再跟其他女生搞暧昧，我只宠你一个人。"

"不，我们不能在一起啊，因为我打算要将他忘记了。我会放下往事，管它曾经多美。"说出最后一句话时，初时是潇洒豪迈的。

太过伤人了，原来他是自己放下自尊也得不到的啊。

"我真……真该在你没有清醒前要了你，让你狠狠地哭。"孙礼咬牙切齿地放狠话。

"我知道，你不会的。"初时笑了，"如果你真的那么卑鄙，就不会有那么多朋友了，你光明磊落，才值得别人的喜爱。而我注定了

我会放下往事，管它曾经多美

要一个人的。"

孙礼绕到床的另一边，直接躺下，一脸倦意地说："我困了，你可以等天亮后再离开。"

不多久，初时便听到了他均匀的呼吸声。

其实，她并不想这样毫不留情地伤害孙礼，可就是在这样不恰当的时机，她在逃避着过去，厌烦曾经情窦初开的岁月。她想否定，否定一件曾经发生过的事情，连带她心中暗藏多年最美好的心动——苏亮，她心情不好的时候也就无暇去照顾别人的心情了。

因为，她受到了刺激。

在那段周边同学整天叫嚣着"再不早恋就晚了""没有早恋的人生是不完整"的高中时光里，初时没有禁得住诱惑，偷偷地和班上一名成绩不好的男生开始了每天上课下课传纸条的小动作，纸条的内容是什么，初时早已忘记，只依稀记得不是些肉麻的情话。嗯，他们当时的聊天内容还是很积极向上的。

不可否认，那个男孩有着明媚的笑容，身材匀称高大，虽然脸上有些青春痘，但并不影响他的魅力，夕阳西下在篮球场上帅气投篮的身影更是吸引了一些暗许芳心的女孩。被这样一个颇受欢迎的男孩追求，是一件很自信膨胀的事情，会有一种人生赢家的感觉。虽然当时初时心里已经有苏亮了，可她还是欣然接受了男孩的追求，因为她期盼与他的相处，能帮助她忘记苏亮。然而只短短的三个月，初时就厌烦了，单方面结束了这段暧昧。她本以为他们会像许多小情侣那样藕断丝连，却没有想到，他丝毫都没有做出挽留，他们断得干干净净。一个月后，男生退学回家做生意去了。

很多时候，初时都羞于承认这就是她的初恋，因为真的太过仓促短暂了。

事情过去这么多年，本来初时已经忘得差不多了。可就在几个小时前，她看到这位男生在 QQ 空间里发的"说说"。

然后别人常说的初恋是最美好的感觉，嗯，这种美好破灭了。

大致意思是他和高中时期暗恋三年的女生聊天，回忆了很多往事，很激动很兴奋。

"说说"下有不少人在问他高中暗恋三年的女生是谁？他没有回答，选择了无视，大概是顾忌她也在他 QQ 好友之列吧。

然后，初时觉得自己的自尊与骄傲遭到了践踏，她神奇地顿悟了，怪不得当年他没来挽留她，原来她只是他枯燥生活的调节剂，他根本就没有喜欢她，只是因为大家在那时都太孤独寂寞了。

不知不觉中，他们竟然无比默契地做了同一件事——心里藏着其他人却都对另一个人假装喜欢。

太龌龊，太卑鄙了。为了不想承认自己与他一样卑鄙龌龊，所以，她只好在心里极力否认苏亮的存在。

她说服自己，嗯，她没有经历过初恋。同时她也要忘记自己当初对苏亮的感觉。

事实上，早就该忘记了。

再深刻的感觉，再困惑的喜欢，对一个不存在这个世上的人，也是多余奢侈的。

忘记他，就当作是对他的惩罚吧！因为有时候，她真的很恨他的英年早逝。

而与过去告别，酒有时候是最好的良药。

就是在这样繁杂的情绪困扰下，她才会借酒浇愁，差点让人"有机可乘"。

初时长长地叹息一声，然后替孙礼盖上了被子后，小心翼翼地下床坐在沙发上，从她的包里拿出手机看时间。

有两条短信。

来自同一个人——杨天籁。

初时不知道在这场骗局里，天籁扮演着什么样的角色，是同谋还是毫不知情。不过，她想，她很快就能知道答案了。

时间：21 点 57 分。

"她们把你安顿在酒店房间，然后让我不要多管闲事。其实，我早就听到了她们的计划，本想告诉你的，但我后来却不想那么做，我想知道当你以那样的方式失去你最珍贵的东西时，你是否会一如往昔的傲气清高？当你看到短信时，我大概已经在北方的家中了，也许会因为良心不安而一夜清醒。我坐了最晚的飞机也要离开南城，怕的就是明早的见面吧。但我不会道歉，因为是你先对不起我的。"

时间：2 点 02 分。

"对不起，苏荷，我后悔了。"

许久，初时盯着手机屏幕看了一遍又一遍，最后漠然地删掉了这两条短信。

然后她无声地笑了，眼泪也悄无声息地流了下来，一股悲凉感充斥在内心，慢慢吞噬掉她仅存的理性。

没关系，杨天籁，我原谅你，原谅你们。

因为与我曾经所受的伤害对比，这些都是无关痛痒的。

Chapter 2

/ 路人甲与路人乙 /

你试过在天蒙蒙亮之际裹着外套走在有着雾气空旷的街道上吗？

万籁俱寂，偶尔会有一辆车经过，路两旁亮着朦胧的路灯，没有风。当你踏着轻快的步子，嘴角的微笑会不自觉地放大，仿佛你是脚下这片城市的主宰，就连天边的那颗星都是为你闪亮的。

路过一座大桥，停下了脚步，望着远处的滚滚江水，大喊一声："Hi! 你好吗？"然后听着一波波轻微的回声，在心里回答自己："嗯，我还好。"

最后闭上眼睛，肆无忌惮地大笑着。

在她身后，有一辆车走走停停，只为跟随着她的脚步。

初时看到了，但她说服自己，别人的事就不要为难自己了，没有谁注定了要为别人的幸福买单。

她本就是一个生性凉薄的人啊。

半个小时后，她终于走回学校，神清气爽地去食堂喝了一碗热粥后回到宿舍打包东西。

所有的生活都将有个新的开始，充满希望，不再死气沉沉。

玫瑰园是南城大学附近的学区房，有五区，不少老师都在那里置业。

初时是在学校 BBS 上看到的招租信息，三室一厅，已经有两名女生入住，都是南城大学的学生，现招一名女生做室友，初时有些心动就记下了手机号码，然后预约时间看房。虽说那栋楼有十几年的历史了，但是外表看上去一点儿也不陈旧，房子也收拾得异常干净，很有居家味道。两名女生分别是即将升大三的学生，外语系，看上去不难相处。于是，当天，她就签下了合同，付了定金。

搬来这里已经好几天了，初时也与两位室友相熟。

每天一起去超市买菜，一起回来做饭，吃完饭后，抢着洗碗，大家都为这今后的友谊付出了热情与真心。

闲下来的时候，初时会在客厅看综艺节目，写一些爱情故事。慧慧的猫会躺在身边用爪子拨弄着沙发靠垫。颜颜会叫奶茶店的外卖，然后三个人穿着睡衣坐在沙发上一起喝着奶茶，玩着手机里的游戏。

生活被格外珍惜着过，时间过得很快，一天一天如分分钟样。

突然有一天，慧慧满面笑容地回来对初时说："我又见到小正太了，真帅，就是性格沉闷，主动跟他打招呼，他望着你半天，就是不会回你一句你好，也不知道是不是反应迟钝。"

"正太？"初时好奇地问。

"任远啊。"颜颜啃着苹果过来坐沙发上，"房东家的儿子，他什么都好，就是笨了点，马上升高一，我要是年轻两岁，绝对倒追他。"

初时微微笑了，心里疼了一下。她觉得颜颜厚脸皮："年轻两岁也不够啊。"

颜颜一副这你就不知道了吧的表情，说："他上学比别人晚，今年已经 18 岁了。"

说到这，慧慧露出一脸可惜的表情，"是啊，任妈妈最近又在给他找家教老师了，听说上高中花了很多钱，任爸爸这次要找个负责的、能做长久点的家教，不惜一切代价也要让他儿子成绩名列前茅。"

颜颜突然想到什么，望着初时："苏荷，你有没有兴趣去做任远的家教老师啊？有很高的报酬哦。"

对任远倒是没有什么兴趣，不过初时在听到有很高的报酬后，眼睛一亮，抓住颜颜问："多高的报酬？"

"我和慧慧没做过，不知道，不过慧慧的男朋友去年做了一年任远的外教，一年好几万，绝对是很诱惑的报酬有没有？"

"土豪啊。"初时感慨着，一脸心动。

慧慧积极地打电话给房东，告诉她已经帮她找到了任远的家教老师。

挂了电话，慧慧做了个"OK"的动作。就这样，初时和任远见了一次面。

往后的很多年里，初时总是会不经意地想起她和任远的第一次见面。

就如同路人甲与路人乙，本不相干的两个人突然有一天有了某种交集，然而彼此是沉默尴尬的，甚至路人乙对路人甲带着某些排斥。

那一天，出门前，初时精心打扮了自己，慧慧和颜颜都表示很不理解，不过就是去见一次面，干吗要搞得那么隆重紧张。用慧慧的话就是，没有爱情的关系是不需要花费多余的心思的。

"有时候，我们会有这样一种感觉，年纪大的人站在年纪小的人面前总是带着神经兮兮的骄傲自豪感，就差说那一句'跟我多学着点，我吃过的盐比你吃的饭还多'。"颜颜说。

"好吧，你们这样一说，我也觉得没有必要了。"初时边说边脱掉了端庄的连衣裙，换上了短袖热裤，扎了个简单的马尾辫，出门去了。

任远的家是在玫瑰园的新楼里，与初时现在住的房子同属于二区，只不过新楼与旧楼之间隔了一堵墙，要绕好远的路，初时撑着伞遮阳，无风闷热的天气正在酝酿着一场大的暴风雨。走到任远家楼下，初时看到密码锁的门，有些犯难了。打了电话给任妈妈，任妈妈说她不在家，不过会吩咐任远下楼来接她的。

挂了电话后，初时从包里拿出面纸，擦了擦额头的汗，然而等了好久，任远都没有出现。

就在初时失去耐心，正要给任妈妈再次打去电话询问情况时，从电梯出来一个男孩，穿着白 T 恤，米色中裤，脚下踏着拖鞋，优哉游哉地走来。

白皙的肤色，高高瘦瘦，有着一双忧郁迷离的眼睛。

他拉开了门，淡漠地问："苏荷？"

初时一扫方才的不快，笑着说："对，我是苏荷。"

"哦，走吧。"

上电梯到 7 楼，右边便是任远的家，带指纹识别的门，任远打开门后，初时跟进去在玄关那里换上了任妈妈之前准备好的新拖鞋。

"谁来了？"房间里传来女声，声音脆脆的，紧接着白色的房间门打开，从里面出来一个头发乱糟糟穿着粉红色睡裙的女孩，睡眼惺忪。

"任佳佳，快点起床去上课，小心我告诉妈你偷懒。"任远语气不爽地说。

任佳佳无视任远，径自小跑到初时面前："姐姐是新老师？"

初时点点头。

任佳佳露出灿烂的笑容："我哥脾气不好，姐姐你要狠点儿，把他往死里折磨。"

初时怔了怔，随后笑说："看情况。"

"任佳佳，倒水。"任远坐在沙发上调着电视节目。

任佳佳瞪了瞪任远，然后笑着对初时说："姐姐，等等，我马上送来。"

"好，谢谢。"

初时环顾四周，红色的木地板一尘不染，客厅里放着配套的沙发茶几，以及电视柜；在靠近阳台的地方，摆放着一架钢琴，钢琴上摆着一幅用相框裱好的油画；窗帘旁放着一张按摩椅，客厅的上方是奢华的水晶灯。

任佳佳端来一杯西瓜汁，放在茶几上："姐姐快过来坐啊。"

"好。"

不得不感慨，任佳佳与任远在性格上真的有很大的差异：任远冷漠沉闷，对万事一副漠不关心的样子，甚至有些不耐烦；而任佳佳礼貌客气，笑口常开，热情周到；难怪来之前慧慧会说这个家里得宠的孩子是任佳佳。

初时坐在任远身边："任远，我和你妈妈沟通过，你妈妈希望我从今天开始来帮你预习高中的课本。"

任远故意不理会，任佳佳推了他一下，任远兴致不高地说："谁请你来的你就教谁去。"

初时有些无语，刚要组织好语言，又听任远说："开玩笑的，我们去书房吧。"

任远嘴角微微翘起，笑得很有距离感。

不得不说，这个男孩连微笑都带着敷衍的味道。

初时跟着任远去了书房，书房里有很大的书架，塞满了书，有种庄严的感觉。红木书桌就在书架前，上面放着电脑，在书桌旁还挂着一块黑板。

"我听说你之前有很多家教老师，但是他们大多做了三个月就离开了，唯一做了一年的是你的外教老师Simon。"初时状似无意地提起。

任远眼中含笑，挑眉问："你想知道原因？"

"你欺负他们了？"

"我是那么没有礼貌的孩子吗？因为他们的脸皮没有Simon厚，所以我最喜欢Simon。"

"什么意思？"

"我所有的家教老师都是只拿钱不办事的，时间长了自然不好意思地走人了。所以，对我，你也不需要太认真，我们也好聚好散。"任远狡黠地笑着。

初时忽然觉得颜颜的那套"我比你大，我是老大，你必须听我的"的理论放在任远身上不管用。

初时冷笑："很抱歉，我这个人做事不喜欢敷衍，我想我会和你前面的所有老师不一样，我不重视过程，只在意结果。"

任远愣了下，收敛了笑容："有意思。"

初时蹙眉，很讨厌他这种无所谓的态度："难道你就不想做个成绩优异，令父母都骄傲的孩子吗？"

"不想。"任远无所谓地说。

初时想到了之前任妈妈说她这个儿子平时学习很认真，就是有点笨。现在看来，并不是这么一回事了。

"你居然可以将你的叛逆藏得那么好。"说完，初时也不浪费时间，坐在书桌前打开高一的数学课本，翻看了几页，凭着高中扎实稳固的底子，倒也把今天的第一讲完美地演绎了一遍。边上的少年一直沉默，仿佛认真听课的样子，但不知道走不走心。

"你都明白了吗？"

"嗯。"

"那好，你现在把课后习题做好给我看看吧。"

"现在？"

"是啊。"

任远不情愿地拿出草稿纸做习题，初时偷偷地打量着他，紧抿着唇认真做题的样子，倒是很赏心悦目。

"好了，你看看吧。"

他做题速度很快，初时觉得有些欣慰，她认为这个世界上根本就不会有笨孩子，多教教就能懂了。然而，当她把那些题目都做了一遍时，再看任远的答案，只对了一个，初时突然有些绝望了，前途未卜。

她从小上学都是在最好的班级，四周坐着全年级的优等生，智商都很高，基本上可以自学成才，遇到难的知识点，也是一点就通。显然，任远与他们不在一个层次。

初时轻轻叹息，看来她得拿更多的耐心出来了。

"哇，错这么多。"任远笑得明媚。

初时合上书本，站起来，"跟我去书店吧。"

"去书店干什么？"

"买书，还能干什么？"初时没好脸色，拉着磨磨蹭蹭的任远出门。

既然学习态度不端正，那么就只有在作业上多下点功夫了。在题山题海中记住知识点、巩固知识点，一直都是学校老师在做的事情。

说是折磨也好，谁让他一脸无所谓的样子。初时在心里恶狠狠地想。

路上，任远走在初时后面，两人隔了很长的距离。任远一直饶有兴趣地望着初时的背影，嘴角挂着笑，然后拿出手机打电话给好友龚行之，"猜猜我见到谁了？"

"谁啊？"

"就是前几天在游戏机室看到的那个操作特强的女生，你当时还想问她名字，哪个学校的，她就离开了。"

"太巧了，哥们，帮我问她叫什么名字？是我们学校的吗？"

"叫苏荷，不是高中生，是南大的学生，是我新的家教老师。所以，要泡她，你没戏。"

龚行之一阵无语，捶胸顿足："看脸像个高中生啊，没想到是个大学生，我很难下手啊。"

"她是挺有意思的。"

挂了电话后，任远突然想起在书上看到的一段话——

"据说，一个人与另一个人相遇的可能性是千万分之一，成为朋友是两亿分之一。一个人要爱上另一个人的概率是五亿分之一，而如果要成为伴侣，概率是十五亿分之一。如果要白头偕老的话，需要花费二十多年的时间等待，还得用六七十年的时间来完成。一个人对另一个人说一声'我爱你'，需要消耗两个苹果所提供的热量。"

一生中，有那么多次的擦肩而过，需要多强大的缘分才能把她再次送到他的面前。

年少的心思总是很幼稚，用故意排斥代替满心欢喜，装作酷酷的、冷漠的，以为她也会被他吸引目光。

他还在细想，便听到不远处的她一脸不悦地说："快走啊，很热。"

他笑眯了眼睛，加快了步伐，与之并肩。

书店中弥漫着旁边星巴克咖啡馆的咖啡香气。

初时在一楼认真帮任远挑选参考资料书，任远眼睛含笑地望着她的侧脸，低眉间真有种柔情似水的感觉。

"把你手机号码给我吧。"

"干吗？"

"方便联系啊，有时候我有事不能补课可以提前通知你，免得你白跑一趟。"

"你妈有我的号码。"言下之意就是她不愿意。

"你太……"任远有些气结，一时之间还真想不到什么词来形容她，"……冷漠了。"

初时抬眼看到任远失望的表情："错，我只是防备心比较重。"

但最后还是心软了。

"算了，把手机给我。"

任远将手机递给初时，初时输入了一串数字，然后按了拨出键，再挂掉，把手机交还给任远。初时说："我不喜欢别人给我打电话，也不太喜欢别人给我发短信。不过，如果实在有要事我也能勉强接受短信告知的方式。"

任远乐了："你比我还拽，为什么？"

"一，我不喜欢被打扰；二，我有接电话恐惧症。"

初时将挑选好的一堆参考资料交到任远手上："我去楼上找下我要买的书。"

"等我，我跟你一起去。你都看什么书？"

"言情小说。"

"……"

从书店出来后，外面正下着倾盆大雨，道路上都是积水，已过行人脚踝，车辆像行驶在河流里，两旁溅起水花，所过之处必然是一片狼藉。鳞次栉比的高楼大厦旁闪电划过天际，看上去触目惊心，随后响彻天地的雷声，让人有种莫名的恐惧感。

初时汗毛直立，哆嗦了一下，分不清是害怕还是冷。

"等雨停了再走吧。"任远说。

"你想在这里留宿？"初时知道今天会有雷雨，只是没有想到雨水量这么大，她从包里拿出一把黑伞，撑开，看了眼任远说："走吧。"

任远有些不情愿地说："我打电话让我爸开车来接我们。"

"那你在这儿等吧，我先走了，回去把对应的习题做好，明天我检查，不要看答案。"初时警告道。

任远还想劝她一个女孩子走在狂风暴雨里不安全，万一撑着伞，一个雷劈下来被击中不是很凄惨，这类事件网络视频有很多，可是初时已经冲进了雨中。

任远无语地看着她瘦弱飘摇的背影，摇摇头。

真是个倔强的女孩。

初时刚出电梯就看到了实习回家的慧慧，大家都浑身湿透了，很狼狈，两人相视一眼都笑了。

"老板说今天可以提前下班，我为了表现我很积极，硬是多留了20分钟，早知道我就先走了，冷死我了。"慧慧拿出钥匙开门，"家教感觉如何？"

"还行啊，就那样。"初时兴趣缺缺，不想多说。

"任远很帅吧？"

"小孩子一个，能有多大的魅力？"

"酷酷的，拽拽的，在学校很受欢迎的。我听任妈妈说任远收情书收到手软，女孩子总爱送他礼物。"

"他文文弱弱的，吃不了一点儿苦，特别依赖家长。"初时想到方才在书店外的情形，本想当面指出的，但又怕才第一天就被发现她挑剔的毛病，"我不喜欢这种类型的，肌肉男比较适合我。"

"那是因为他身体不好嘛。"

"身体不好？"初时有些诧异。

"你知道他为什么会有妹妹吗？任远是三岁才开始说话的，而且被检查出得了白血病，医生就让他爸妈再生个孩子，用脐带血救他，后来任佳佳果然救活了任远。他父亲就觉得任远带给家里的是厄运，而任佳佳带给家里的是希望。有没有觉得你的学生还是很可怜的？"

初时点头，没有一丝敷衍意味地回答："嗯。"

晚上，任佳佳在任妈妈的监督下练习钢琴曲，任远在书房里抄好了作业后，提前回房间休息了。

他躺在床上，握着手机，渐渐笑容绽开，有点痞气。

翻到苏荷的号码后，按了通话。

他想试验一下苏荷会不会接他的电话，这个世界上真的会有所谓的接电话恐惧症存在吗？

另一边，初时趴在床上，被手机突然发出的嗡嗡震动声吓了一跳。

看到是陌生号码，初时直接按了拒听，继续翻看手中的小说。安静的世界里除却窗外的雷雨声，就只剩下书翻页的沙沙声。

忽然想到了什么，初时去搜索了下通话记录，果然是下午的那个号码。看来是任远打来的。

是有什么重要的事情吗？初时心想。

手机再没任何动静，她将这个陌生号码保存好，输入任远的姓名，然后回拨了过去。

电话很快被接听。

"喂？苏荷。"任远的声音中带着雀跃。

初时有些迟疑地开口："你打电话给我，有什么事吗？"

"呃……没事，就是想看看你会不会接我的电话。"

"……"

"你真是很无趣。"初时感觉之前萌发出来想要对他好的念头一下子没有了。

"对了，我想问你，什么是接电话恐惧症？"

初时摊开另一只手，掌心里都是冷汗，心一惊一乍的，那种恐惧感萦绕心头要花很长的时间才能驱散。

这种感觉根本无法向人解释。

"这样跟你说吧，当你接听了一个很恐怖的电话后，这个电话对你一生都造成了影响，之后，你突然发现你抗拒那种通过无线电波传播声音的感觉。"

"那你是接听过恐怖的电话了，什么恐怖的电话？"

"比如全家死光光。"初时冷漠地说。

任远怔住了，这也太惊悚了。

初时撇撇嘴，敷衍地说："我开玩笑的。你可以当作是我懒，才不愿意接电话。没事了吧？那我挂了。"

"吓死我了，我还以为是真的呢。等一下，陪我说说话吧，我一个晚上都没有说话了。"

要放平时，初时早就挂电话了，可是当她听出他语气中的悲伤后，回想起慧慧方才说的话，心中有了隐隐的怜惜感。

"你可以找你的家人说话啊。"

"任佳佳在弹琴，我妈在监督她，我爸在房间里研究股票，暂时没人管我。"

"你想聊什么？"

"你有男朋友吗？"

"没有。"

"有人追你吗？"

"有。"

"你有喜欢的人吗？"

初时顿了顿，回答："没有。"

"你觉得我帅吗？"

初时听不下去了："任远，你可以问些有营养的问题吗？比如高中的生活是怎样的？"

"你还没回答我呢。"

要她如何回答？好吧，她根本就不擅长说谎，但是要承认他帅然后令他气焰更加嚣张，她绝对做不到。

所以，初时直接挂断了电话。只是，她没料到自恋的人总是有办法让自己得到膨胀。

比如，任远听着"嘟嘟嘟"的声音，笑了，"看来你也认为我很帅了。"

明明人家什么都没说。

第二天，初时九点钟准时出现在任远家门口，按了门铃。

任远开了门，眼前一亮，她今天穿了鹅黄色的连衣裙，白色的手包握在手里，脚踩一双白色的平底鞋，脸上的妆容精致完美，头发披散着，有一种清纯的惊艳，与昨日穿着随性的她相比简直判若两人。

面对任远赤裸裸的目光，初时有些羞赧："不请我进去吗？"

"哦。"任远反应过来，退开了一步。

"你今天很漂亮啊。"

"因为中午有个约会，所以特地打扮了一下。"

初时换鞋，任远回到餐桌前继续吃早餐。

"你等我会儿，我马上就好。"他口齿不清地说。

"没关系，你慢慢吃，我先去检查一下你的作业。"

任远心虚地看着初时走进书房，突然间没了胃口，喝了口牛奶起身跑进书房，笑着对初时说："我没做呢，明天给你检查吧。"

"是吗？"初时像是早就料到了，在任远有所动作前抢先拿过习题试卷，翻开，满满的答案全都填好了，没有任何草稿，卷面整洁，字迹干净。

少年清秀的面孔一闪尴尬神色，他烦躁地抓了抓头发。

"都让你不要看了。"

"我昨天对你说什么了？"

"不要抄答案。"

"那你还抄？"其实昨天她特地没有没收答案就是想测试下任远，看他是否有自觉性，没想到，她实在是高估他了。不过这样让她借题发挥下也好，给任远一些警告，希望他能意识到要想提高学习成绩，必须让自己真正的热爱学习，她希望帮助他培养学习的积极性，拥有对于知识的求知欲，这一点至关重要。

"要不要这么严肃？"任远玩世不恭地说。

"我对你太失望了。"

一字一句，清晰有力，传入任远的耳中。

在他心里，抄答案实在是一件无足轻重的事情，但她用这么严厉的话语否定他，简直是过分了。

任远狠狠瞪向初时，咬紧牙关，眼睛都有些红了。

他在用实际行动告诉初时，你对我失望，我对你也是失望的。

良久的沉默后，他表情不屑地说："没关系，在我的人生中，真的有太多人对我感到失望了，不差你一个。"

初时没有想到任远对这句话这么敏感，她想或许，真的是有太多人对他说过这句话了，所以他才会那么排斥，才会想要让自己变得更不好，来回报他们所说的失望。

她几乎是不假思索地开口："我用词不当，我向你道歉。"

"不用，我不接受你的道歉。"

任远别扭了一个上午，无论初时说什么，他都不理会，专注地玩平板电脑里的游戏。

初时望着倔强的他，叹了口气，"到底要怎样你才肯消气？"

任远真想让她离开，但是他开不了口。谁让他对她还是有些好感的。

少时的记忆血肉模糊，带着一生的宿命感袭来。

他不知道别人对于四岁时的记忆有什么想法，会不会觉得是遥远模糊的，在成长的道路上扮演着无关紧要或是若有若无的角色。

四岁的他，是在医院里度过的。病房里有的只是痛苦的呻吟声、绝望的叹息声、沉重的脚步声，没有欢声笑语，没有打斗嬉闹，待在病房的人绝大多时候都是沉默的，他们面如死灰，毫无生机。

夜深人静之际，他听到爸妈在回忆过往。

妈妈对爸爸说："三岁的时候他还不会说话，我以为我生下了一个有缺陷的孩子，我不想要这个孩子，我想生个健康的孩子，后来你爸说你们家有遗传，你也是三四岁的时候才会说话的，我才放弃那个可怕的念头。可是我没有想到在那之后，他居然被检查出白血病，我真的觉得这个孩子生来就是为了折磨我们的。"

某一天，几乎没怎么见过面的姑姑用粗犷的声音对他说："要是放以前，你这么祸害大家，早就被掐死了。"

她从来没有对他付出过，却偏偏妄图想要决定他的生死。

乡下来的爷爷说："这孩子真是来讨债的，我们都快被折磨死了。"

"放弃治疗吧。"

……

几乎所有人都否定了他存在的价值。

他们就在一个四岁病着的男孩面前毫不避讳地开口，也许他们以为他还小，不会记着的。

但是这些话鬼使神差般深深地扎进了他的内心，成了不可磨灭的伤口。

即便是现在想起来，都觉得痛不欲生。

任远冷笑，"我是一个为自己的出生都感到无力的人，这样的我，哪里需要道歉？"

生命的开始，本该是一件令人欢呼雀跃的事情。

可眼前这个半大的少年，却在为他的出生感到无力。

初时终于肯定，他的心里有伤："我们聊聊。"

他没说话，也没拒绝。

初时继续说："任远，你才多大，你不应该说出这么绝望的话，每个人的出生都是有价值的。"

"我虽然才18岁，可是我所经历的苦难比别人都多，我甚至觉得我的生命中不存在公平，他们都觉得自己对我的生命有过帮助，是任佳佳将我从鬼门关拉回来。可是，我宁愿自己在那个时候就已死去。"说完这些话之后，任远就开始后悔了。

这么多年，他从来都没有说过的话，却轻易地对一个还算是陌生的人说了。

这算是一种宣泄吗？

可是，为什么偏偏是在她的面前呢？

"算了，你是不会懂的。"他并不指望她将他的话听进心里去。

若她同情他，他会更难过的。

初时不知道要怎么去安慰他，倒是任远再次开口了。

"我觉得你不适合再做我的家教老师，你向我妈说你不做了吧。"

"就因为我知道了你的秘密？"

"是。"

初时点点头，表示理解。

然而任远并没有等到初时的答案。

因为初时看了看手机上的时间，发现她该出发去赴约了。

"我下午再过来。"她扔下这句话，从任远眼前离开。

昨晚慧慧临时通知，今天中午她那外籍男朋友要请客吃饭，她要把他正式地介绍给颜颜她们。

颜颜显得异常激动，对初时说："你知道吗？我第一次邂逅Simon是在地铁里，拐弯处，我们俩差点相撞，当时抬眼就看到了他深邃迷离的蓝色眼睛，一下子内心小鹿乱撞，我以为我找到真爱了，可是后来才发现Simon居然是慧慧的男朋友，当时我都快呕血了。我的男神如荷花一般只可远观不可亵玩啊。"

"拜托！大姐！你就别想着Simon了，你毕业后不是要去意大利读研吗？意大利盛产帅哥，到时候好好把握机会。"慧慧笑说。

初时到达餐厅的时候，正好看到落地窗里，慧慧和颜颜在聊天，暂时还未见到Simon。初时落落大方地走进去，颜颜向她招手："坐我身边来。"

颜颜身边的位子正好与慧慧给Simon留的位子对应，可谓是对于花痴来说极好的位子。

初时觉得奇怪："你怎么不坐这个位子？待会儿一抬头就能看到帅哥了，可以自然地多看几眼。"

颜颜回："我控制不住自己啊，不想失态，我觉得你这么淡定的人应该可以。"

"谢谢夸奖！"

不多久，初时就看到一个身材高大挺拔的金发小伙身着白色短衫白色短裤背着黑色双肩包迎面走来，他的脖子间挂着耳机，一张脸最显眼的是他那一双如海洋般的深蓝色的大眼睛，脸部线条像精心雕琢过的一样，皮肤光泽白嫩，最重要的是他的脸上没有雀斑。

他走到慧慧身边，面带笑容地对初时说："Hello! Nice to see you!"一口字正腔圆的纯正美式发音，声音动听美好。

"你们认识吗？"颜颜惊呼。

"不认识啊。"初时又看了眼Simon摇摇头。

"No no no. I've seen you more than once. But, you don't know me."

初时略带抱歉地说："对不起，我不记得了。"

"What's your name?"

"苏荷。"

"Lotus? 好名字。"

慧慧脸色不悦，看到自己的男朋友对一个没见过面的女孩兴趣这么大，搁谁身上都是会不舒服的，尽管这个女孩什么都没做过。

他高大帅气还是个美国人，前途一片光明，如果发展得顺利，她还想着跟他一起去美国生活。可也就是这样一个男生，慧慧比任何时候都患得患失，她害怕自己的幸福会如泡泡一般，经不起触碰。

点单后，初时主动和颜颜聊天，不去理会Simon眼神灼灼的视线。

她有一双擅长观察的眼睛，她知道慧慧的不悦，也知道Simon的热情过火了，很危险。

可是这个时候，颜颜倒有些神经大条了，主动帮初时问 Simon："之前你作为任远的外教老师，你觉得这个孩子怎么样？"

"Good boy. 他玩游戏很 OK。"

餐厅侍应生将他们点的牛排端上桌，慧慧微笑着对 Simon 说："帮我们去取些水果过来吧。"

"很高兴为女士服务。"Simon 绅士十足地起身往水果供应区走去。

慧慧的目光一直追随着他，随后涨红了脸问初时："苏荷，你觉得 Simon 如何？"

"挺不错的。"

"我没想到他对你印象这么深刻，以后你要是喜欢他了，可一定要告诉我啊。"慧慧说得轻描淡写，风轻云淡。

初时讪笑："我不会喜欢他的。"

"你放心好了。"她在心里默默补充一句。

"你怎么不来警告我一番？"颜颜脸色不悦地打断她们。

慧慧表情无辜地说："我没有警告啊，只是在恳求。"

"既然这么不信任别人，你就不应该把你男朋友带来给我们看。"颜颜生气道。

原来还算和谐的气氛彻底变为尴尬，慧慧一时之间不知道要怎么为自己辩解。

"我们先走了，你们慢慢吃。"颜颜拉着初时离开，颇有点雷厉风行的味道。

走在阳光下，脚踩着到处是水印的柏油路，昨天那一场席卷全城的暴风雨留下了许多痕迹，它让城市变得粗糙起来。

"你不应该生气的。"初时无奈地说。

"我知道，我就是看不惯。"

"唉……不知道该说你性格直爽还是该说你傻。"

"她安排这样的见面就是为了向我们炫耀她男朋友，我们答应参加本就是在配合她，她硬是破坏这一切，我就得戳穿她的虚伪。是，是有那么一句话来着，叫什么防火防盗防闺蜜，可她不该一竿子打翻一船人。"颜颜还想说什么，她的手机在包里震动了下。她停下脚步，拿出手机，看了看，然后冷冷地笑了。

"怎么了？"初时皱眉问。

颜颜快速回了短信过去，然后直接把手机给初时看。

"你不应该为了一个刚认识没多久的人和我吵架，她没来之前，我们俩相处得很好的。"

"为什么你不认为是你做错了呢？你总是对你身边的人很防备，如果今天我长得跟苏荷一样漂亮，你大概也会防备我的。就因为在你心里，你认为我比不上你，所以有时候才特别看轻我。"

我们都曾怀疑世界、怀疑公平、怀疑自我，总以为自己不如别人，别人一定会瞧不起自己，而浪费太多的时候在敏感脆弱较真上。

但若是换一种思维，当你无暇顾及其他，努力奋斗，以最优秀的自己呈现在别人面前时，那些曾经的不屑一顾是否会成为最强的利器扎进别人心口。

初时很想这样安慰颜颜，但终究不敢说出口。

这无疑会雪上加霜。

算了，她想过些天这俩人总能和好的。隔阂早已存在，心中的怨气又不是一天两天积聚的，都需要时间来治愈。

而后来，事实证明，她是对的，她庆幸自己没有多嘴。

女生的友谊有时候会很脆弱，彼此针锋相对、鸡犬不宁，但只要有一方低头，另一方便很快相逢一笑泯恩仇。

慧慧和颜颜便是这样的。

其实真的没有什么好生气的，因为各自计较的都很敏感，如果细究下去，这世界上大概也没有所谓的友谊存在了，睁一只眼闭一只眼便成了唯一的办法。

初时下午回到家看到慧慧和颜颜有说有笑，也是愣了愣，一下子没跟上节奏。

"来吃某人给我们买的冰淇淋。"颜颜笑着招手，一副胜利者的模样。

"哦，好。"

"你今天怎么这么快回来了？"

"任远不在家，跑去游戏厅玩游戏去了。"

"果然是 Simon 口中的 Good boy 啊，一点儿都不令人失望。"

"我找了几个游戏厅没找到，就先回来了。"

"看你这一蹶不振的样子，任远欺负你了？"慧慧一扫扭捏，加入她们的谈话。

"我和任远是发生了一些不愉快。"初时坦言。

"他脾气有时候很坏的，他爸妈都能被他气到。不行的话，你还是跟任妈妈说你教不了他吧。这样他爸一定会好好治治他的。"慧慧一副无所谓的样子。

就这样轻易地放弃吗？他会受伤的，尽管他心中的伤口不曾被治愈。

初时摇了摇头，"我不想那么快放弃，我不能因为一点点不愉快就放弃了，我要把这份工作做下去。"尽管下午的时候，她因为找不到人，大汗淋漓的，确实很恼火。

颜颜皱眉："干吗那么执着？"

"薪水不低嘛。"

"你真是个财迷。"颜颜取笑道。

初时笑笑，不置可否。

我曾身处绝境，我曾放弃生存，我懂得悲戚，懂得尊严，更懂得一个陷于人生泥淖中的人需要的是别人主动伸手拉一把，而不是与世间同样的唾弃。

我们行走在匆匆时光中，还没来得及经历风生水起、炫彩斑斓，就已经出现了伤口，一切都来得太早了，所有的记忆，黑白分明，在黯然神伤的岁月中，无药可治。

这样的自己与任远都是很可怜的。

晚上，她再次拨打任远的手机，居然不再是关机状态了。

电话响了很久还是无人接听。

初时不放弃地再打，她的倔脾气有时候一点儿都不比任远小。

"喂？"少年悠悠开口。

初时语气不善地问："你回家了吗？"

"已经在家了。"

"你下午怎么不在家？"

任远有些内疚地问："你找了我一下午？"

回到家开机发现未接来电二十几个，他被这一举动吓到了，正考虑着要不要回电，那人就先打来了。她还真是有股锲而不舍的精神。

"是啊。"

"你傻啊？我让任佳佳告诉你的意思就是你可以回家了，不用管我。"

"我并没有打算要辞掉这份工作。"

"你说什么？"

"你可以继续跟我发脾气，可以继续逃课，没关系，我总有办法治你。"

"不行，我不要。我不需要你。"

"如果我把你对我说的话告诉你父母会怎样？"

"你敢！"任远恼羞成怒。

初时得意地笑了："所以，少年，把柄是拿来这样用的。"

"你如果告诉我爸妈，我以后怎么面对他们，他们又怎么面对我？"

"那是你的事，与我何干？不过，我已经给了你第二个选择了，别妄想做些小动作赶走我。"

任远盘算着得失，无奈妥协道："好，我答应你。"

"乖孩子，晚安了。"

Chapter 3

/ 与这个世界握手言和 /

成长的最初是因为缺乏。

在这个世界上，没有人能够否认自己

在逼仄的青春年少里不缺乏。

或缺爱，或缺钱，或缺智慧。

最后，往往都要与这个世界握手言和。

经过初时的威胁后，任远显然配合多了，但他的悲观情绪依旧是存在的。

有一天，他望着窗外的蓝天，问初时："苏荷，你快乐吗？我很不快乐，我不喜欢学习，不喜欢被困在这间书房里，不喜欢学校。"

"你觉得我快乐吗？"初时反问。

"我觉得你很快乐啊！你美丽，聪明，自己的事情能自己做主。"

"你是羡慕我自由吧。"初时一针见血地指出。

任远沉静的眸子有了光芒："对，就是自由这个玩意。我觉得自己最惨，都快窒息了。"

初时心中蓦地有了莫名的怒火，疾言怒色道："不要认为自己最惨，这个世界上从来不乏最惨的人。有很多人，他们连吃饭都成问题，没有钱上学然后早早地就去大城市打工了，他们活得那么累只不过是为了不再风餐露宿。而你呢？你有过那种没有钱、吃不饱、不能上学的生活吗？你什么都不缺，你唯一要做的事情便是学习，而学习是这个世界上最轻松的事情了，你有什么资格说自己最惨呢？别人是学着如何生存，你是在学习如何享受，生存与享受，天壤之别。"

初时似带情绪地说了一堆，任远怔住了："苏荷，你太激动了。"

良久，初时都没有接话，任远略带疑惑地盯着她看。

"对不起，我只是想起了一个朋友。"

"有故事，我喜欢。"

初时轻蹙眉头："真要听？我给你讲了，那你以后要好好学习。"

"行。"任远答应得十分干脆。

"我曾经有个同桌，她父母是残疾人，没有劳动能力，家里生活拮据，但是她很努力上进，每次考试都能保持在班级前三名。她还有一个在读大学的哥哥，家中实在无力负担了，于是我的同桌便辍学了去了大城市打工。离开前她和我见了一面，她让我好好学习考上名牌大学，她说这辈子她是没什么作为了；我告诉她，我以后会赚很多很多钱，有大房子，然后接她一起来住……"

"所以你就来这里教我学习了？为了以后的大房子？"

初时失落地摇摇头，无力地说："不全是这样。"

真正的苏荷已经死去了，初时早就没有了动力，现如今，她所有的努力都只是为了自己而活，她不希望自己以后也因为没钱而变得无能为力。

"你还和你朋友有联系吗？"

"几年前她回来过。"为了参加她哥哥苏亮的葬礼，借住在初时家的那晚葬身火海，死时，苏荷才18岁。

她并不打算告诉任远这些，他需要被灌输的是积极阳光的东西，否则他会更加厌恶这个世界，消极悲观的。

初时苦笑，明明她早已把从前的记忆都尘封在心里了，却又不得不为激励任远去逼着自己去回想，回到那个时候。

失去所有一切的时候，她也才18岁。

在别的同学还在无忧无虑地跟着爸妈撒娇时，她必须学会自己成长，练就铜墙铁壁的心，让自己看起来更加无畏无惧。

初时仰起头，强忍住眼中的泪意："别人都羡慕你的生活，你却不自知，你让那些没有拥有的人如何不生气呢？"

"我缺爱啊。"任远说得理所当然。

初时翻了个白眼，没好气地说："那就自爱。"

"你要学会享受慢慢成长的过程，因为等你真的一飞冲天后，你就会发现你最最怀念的依旧是学校里无忧无虑的生活，没有尔虞我诈，阴谋算计。"

"得了吧，物竞天择、优胜劣汰也很残忍，比如高考。"

"那就努力让自己成为站在金字塔顶端的人。"

任远觉得自己做不到："你说得容易。"

"一件事只要你敢想，就没什么做不到的。"

"这个世界上有能让人快乐的药吗？"任远没头没脑地来了句。

"难过的时候喝点咖啡吧。任远，很多年前我也在找怎么才能让自己更快乐的方法，我在跌跌撞撞中明白一句话：想要快乐，你就必须要与这个世界握手言和，遵循它的规则，才能有机会创造出自己的规则。"

初时猛然想起了什么，恍然问："你们需要摸底考试吗？"

"你怎么知道？"

"天呐！居然真的有，你怎么不早告诉我？"

"我觉得这是小事啊。"

"摸底考试决定分班吗？"

"是的。"

"那这就是大事啊。"初时不自觉地提高了声音。

"没关系，苏荷，我爸把我安排在一班了，不管我摸底考试考得如何，都在一班。"

初时怒其不争："你还好意思得意？想想你爸花了多少人民币给

学校。"

"他花了钱，心疼了，才会记得鞭策我啊。"

"什么强盗逻辑？不行，从今天开始你得把你初中的知识点巩固一遍，每天多做一份试卷。"

然后，初时就听到了任远的哀号声。

很多年以后，任远一直都记得这天，记得初时说的话，她说话时的神韵眉眼，她眼中燃起的希望，她语气中的炽热……也记得那天的自己，是如何被勾起斗志，是如何激情澎湃地想要在未来与这个世界好好切磋。

但所有的前提必是：与这个世界握手言和，遵循它的规则。

一晃眼间九月就到来了，金桂飘香，城市一下子变得拥挤许多。

两个月的补习结束了，任远已经开学，再过几天，初时也要开学了。同时，她也开始犹豫着要不要继续做任远的家教老师，她有些担心自己会兼顾不来。

任妈妈希望她以后能够继续担任任远的家教老师，每天晚上过来陪着任远一起学习，周末的话再帮任远补习别的。她对任妈妈说出了自己的顾虑，怕自己不能保证每个月补课的时间，任妈妈说没关系，一切都按照她的时间来。初时只好松口答应。

当然，最重要的原因是，任远成绩提高了。

他在摸底考试中全年级排第 287 名，高一年级有近千名的学生，任远本该是垫底的，但是结果却让所有人不包括初时大跌眼镜。尤其是任爸爸，他对这名次还是很满意的，中上水准了，特地让任远打电话给她请她来家里吃晚饭，然后从酒柜拿出了酒，因为高兴多喝了几杯，一晚上对着任远的笑容也多了。

任远的心情也不错，有些洋洋得意，晚餐结束后送初时下楼的时候，脚步轻快，哼着小调，初时走在身后，忍不住泼冷水，"那是因为别人暑假没看书的缘故。"

任远敛去笑容，打算谦虚点，下一秒又听见初时说："不过，我为你感到骄傲，继续保持。"

任远转过身。

初时的脸上有着浅浅的笑容，笑意入眼。

她有一种成就感，这种成就感是任远带给她的。她长这么大以来，第一次被这么需要。为此，她感到很激动。

当然无比激动的不止她一个。

这也是任远第一次听到别人对他说："我为你感到骄傲。"

请原谅一个从小到大都没听过什么赞赏话的孩子的自卑感。他从小生病，磨掉了父母对他所有的希望。病好后，任佳佳一岁开始就会说话了，比他三岁说话强太多了，从此，任远就活在任佳佳的阴影下了。

"你是认真的吗？"任远有些不放心地问。

"什么？"

"你说我为你感到骄傲，你是认真说的吗？还只是骗骗我的，其实你对我还是很失望，因为你说过你以前在年级排名都是前十名的。我跟你有着很大的差距，你怎么可能会为我感到骄傲呢？"

"傻瓜！你进步很大啊，你不这么认为吗？比起那种一成不变一直名列前茅的名次，我更喜欢看着你由不出众的名次追到前面去。我相信你一定可以做到的。"

他一下子不知所措了，差点踩空楼梯，幸好初时及时扶住了他。

她的触摸，柔软温暖。

少年的心，怦怦乱跳。

初时觉得自己的这小半生过得很慢，也许是因为她把每一天都当作是一年来过。

那日，颜颜问："你觉得自己最幸福的时光是什么时候？"

慧慧说："是十几岁懵懵懂懂的年纪，在爱情未来之前，物质贫乏，那时，连吃块糖都是一种幸福。"

"是啊，长大后，得到又失去，努力又得不到，太痛苦了，每天累得跟陀螺一样，哪里有幸福了？亏我小时候一直希望自己快快长大呢。现在真后悔当年没有好好珍惜。"颜颜惋惜地说，视线突然落在初时身上，"苏荷，你觉得呢？

"也许是未来，因为未来总有很多遐想，充满希望。"

最幸福是什么？永远都是可以自圆其说的。

初时不知道自己的未来是什么样子的，在哪一座城市，做着什么工作，一切都是未知数。但自己的过去，她还是记忆深刻的。

她过得不幸福。

和任远一样，年少的自己很缺爱。或许就是因为前段时间对任远提起了苏荷的故事，她最近每隔几天都会梦到熊熊烈火，冒着滚滚浓烟，她的家处处都在蹿出火苗，里面传来撕心裂肺的尖叫声，那一幕真实得就好像当初她身临其境一般。

醒来后，除了哭泣别无他法。那种痛彻心扉的感觉，深入骨血。

今天她又自噩梦中醒来。

打开手机看时间，却最先看到一条短信静静地在那里。

——女儿，最近很忙吗？给妈妈回个电话吧。

初时愣住了，过了会儿，冷冷地笑了。

二十多年前，她的父母结婚，母亲的弟弟也就是初时的舅舅是他们的媒人。

婚后他们也有过幸福的生活，虽然父亲常年都不在家，在外出任务，没过几年，母亲就给初时添了个弟弟。初时是在父亲去世的时候才知道他的职业——缉毒警察。

父亲是在一次任务中被毒贩击毙，母亲也是在那之后离开家的。

没过多久，奶奶就告诉初时她的母亲改嫁了，那个男人从小就喜欢母亲，是个商人。从此，她母亲过着衣食无忧的生活，一次也没有回来过，而初时他们则靠着政府的抚恤金生活。这样的生活一直到初时 18 岁。

18 岁的初时经历了什么？

她一直暗恋的男孩苏亮在工作中猝死，然后她的好友苏荷回家奔丧借住她家，而她因为母亲的一个电话，坐上了继父派来的车，去那里住段时间。只因为母亲这辈子不可能再怀孕了，所以她想弥补对初时的母爱，初时不想去的，但她想暂时逃避这个地方，这个还沉浸在悲伤的地方。

然而，不过就是一个晚上的时间。

第二天，初时在母亲家接到了还在厂里上班的继父的电话，他告诉她家里发生了重大火灾，她的爷爷、奶奶、弟弟以及她的朋友都被烧死了。事故原因是有人故意纵火，目前警方正在竭力侦查犯罪嫌疑人。

她想回去，但是母亲哭着不让。

因为没过几天，警方贴出了悬赏。

纵火案的犯罪嫌疑人锁定为一个叫曾庆的中年男子。曾因贩毒被抓，最近刚出狱，出去后便对曾经抓获他的警察做出报复。

母亲害怕毒贩知道初时没死，害怕初时会遭到不幸。

继父为了安慰母亲，想了一个"计策"。

让初时顶替已故苏荷的人生。

于是，18岁的那年暑假之后，任初时这个名字便成了灰色，被删除。

她变成苏荷，被继父送去邻市的高中读高三。

但母亲不知悉的是，继父的条件是高考结束后，她必须要跟母亲断绝关系，当然他会给她一笔钱，足够过上富裕的生活。

她本该去母亲面前揭穿虚与委蛇的他，但是她没有这么做，因为这是母亲的幸福，她不该去破坏。

初时看到窗帘外面的世界还是一片灰暗，长叹了口气，将自己蒙在被子里，又迷迷糊糊睡了会儿才起床。

今天要去学校注册。

也是她的生日。

难怪今天一早心情就跟大姨妈来了一样不爽快。

她讨厌过生日。

真是个风和日丽，有着金灿灿阳光的周日啊。因为这艳阳天，初时的心里得到了些许安慰。

二十年前的这一天，她降临在这个世界上，是她母亲的难日。

人人都说，女人生小孩是世界上的痛之最。

初时偶尔会想，她的母亲一定是个睚眦必报的角色，不然，为什么母亲会不记得她的生日呢？

就连听她说一句"生日快乐"，初时都觉得是种奢望。

临出门前，初时随意地穿一件白色T恤，上面绘着粉红色的牡丹花，藏在牛仔背带短裤后，长长的头发扎了马尾，然后戴蓝色的鸭舌帽出门，肩膀上是最简单不过的白色帆布大包。

快到学校东门时，额头早已布满细汗，初时收到班长发来的群发短信，记下开班会的时间和教室，去小卖部买了瓶雪碧，灌下几口，才有一种透心凉的爽快。

眼睛余光里感觉到对面道路旁有人站在那里，初时投过去视线，看到是杨天籁，愣了愣，而后露出淡淡的微笑。

天籁走过来，越接近她脚步越是迟疑。

初时大方地走了过去："你瘦了，放暑假在家不好好养肥费什么心思呢？"

如此轻松地问候，就好像她们之间从来没有隔阂一样。

天籁自嘲地笑了："我前段时间动了个小手术，因为身体里有对麻药成分的抗体，疼得以为自己活不下去了。我在想，难道这就是老天对我做坏事的报应吗？"

说完，天籁的眼睛就红了，哽咽着声音说："我以为你不会再理我了。"

"我们扯平了，我搬走是我先对不起你，你只是知情不报，又不是那件事的主谋，我不怪你，一个人我都不怪，因为孙礼根本什么都没有对我做过。"她故作洒脱地说，其实还是有些后怕的，万一那个人不是孙礼呢？那后果是什么？她不敢想。所以她对林允和宋智总归是心存芥蒂，无法释怀的。

"你说什么？"天籁意外地问。

"如果你在假期联系我，我还能早点告诉你。"

"我心虚啊，暑假一直关机。你知道吗？昨天孙礼来找我，他请我吃饭，让我以后好好照顾你，别让林允她们再欺负你了。他休学一年，决定去山区支教了。"

初时觉得这个消息很突然，但面上却是不动声色，没有太多的情绪波动。

然后，她一脸玩味地说："哦，他还挺有奉献精神的。"

　　"我跟他说，林允她们又不会听我的。他说他知道，所以他才对林允说你是他女朋友。这样林允就会忌惮他不敢为难你了。"

　　"谢谢他为我考虑周到。"初时心里有了一丝动容。

　　"所以他明天请客吃饭，让我一定带着你去。苏荷，你会去吗？"天籁不确定地问。

　　初时沉默了片刻，说："我会去的。"

　　如果假装一下恩爱能换来一年舒服安静的生活，她觉得自己不亏。

　　"他说你是个聪明的女孩，也一定会去的。我觉得他很了解你，对你又是这么痴迷，如此般配的人，怎么就不可以在一起呢？"天籁觉得有些遗憾。

　　"这个社会是很现实的啊，他以后会有门当户对的女人的。我倒宁愿就这样永远留在他美好的记忆里，越来越模糊。"她从来就不相信幸福会眷顾她，从来也不想给自己过多不切实际的幻想。

　　因为她一直都觉得，得到了又失去，不如永远得不到。

　　到开班会的教室时，里面闹哄哄的，人满为患。

　　正当初时寻找哪里有两个人的空座时，就听到宋智在喊："天籁，苏荷，坐这里。"

　　此时班主任已经走进教室，初时无奈拉着天籁坐到宋智的身边。

　　孙礼和他的朋友林伟西就坐在后面一排，初时真觉得如坐针毡。

　　好不容易挨到班会结束，班主任宣布下午去综合楼 C 集合拿书后就离开了教室。

　　林允突然仰着头走到讲台上，微笑着，语气雀跃地说："各位同学，等一下离开，我有事要宣布。"

看到大家都停止了动作，林允继续说："鉴于我们的杨天籁小姐在暑假里动了个小手术，我们这些做室友的得表示一下诚挚的祝福，今晚我和宋智请大家去吃饭唱歌，要去的来报名啊，我好确认人数。"

下面有男生吹起了口哨，"不会是去整容的吧。"

林允意味深长地笑了："痔疮手术。"话刚讲完，就扑哧笑出声。

教室里一下子哄堂大笑。

天籁脸色难看，因为觉得难堪羞涩，甚至变得苍白起来。

初时看到天籁双手握成拳头状，一直在努力隐忍自己的怒意不发，微低着头，眼睛里含着泪，楚楚可怜。

初时咬咬牙，站起身，面带着得体的微笑，走到讲台上，喊了一声"林允"。

林允转过身面对她，一脸不耐烦地说："干吗？"

话音刚落，初时快速地扬起手，使了力气干净利落地挥向了林允的脸。

"啪"的一声，很是清脆响亮。

周边立马变得鸦雀无声，大家都目瞪口呆了。

宋智和孙礼跑上讲台，原本还很空落落的讲台，一下子变得有些拥挤。

林允感觉自己的脸火辣辣地疼，眼泪一下子没止住流了下来，她的脸上有鲜明的手指印。宋智皱了皱眉，冲着初时怒声问："苏荷，你凭什么打林允？"

"她心知肚明。"初时坦荡地说。

林允冲过去就要打初时，却被孙礼挡住，他在护着她。

"你——孙礼，你就让你女人这么欺负我？"林允不服气地道。

孙礼一副理所当然的样子："这个巴掌本来就是你欠她的。"

林允冷哼："你别忘了，我是在帮谁？"

"所以我也欠她一个巴掌，但是现在我把这个巴掌还给你，你打我一巴掌，以后不许为难苏荷。"孙礼极为帅气地说道。

林允恨不得咬碎了牙，目光如炬，林家与孙家本就有生意上的合作，这一巴掌打下去带来的后果，她心里比谁都清楚，所以她决定忍耐。

于是，她故作大方地说："算了。苏荷，我们两不相欠。"

初时推开孙礼，回到座位拉着天籁离开。不多久，教室里的人也都散了。

走在绿意盎然的随园路上，天籁叹息一声："你实在不必为了我这样得罪林允。"

"不这样阻止，难道你真的要去参加她晚上所谓的为你庆祝康复的晚餐？"

天籁苦笑一声："幸好有孙礼帮你。"

"我不需要他帮。"初时桀骜不羁地说。

"那你今天一定会被林允打。"

"不一定，你怎么就知道我打架不厉害呢？初中的时候我打过架。"

"真没看出来你还是个暴力少女。"

"这样热血的事情不做一次，以后会遗憾的。"

"说真的，我本想自己动手的，你知道吗？当我看到你走上讲台的那个瞬间，我也一下子有了勇气，我觉得自己不再怕她们了。"

"有时候身边一个朋友都没有，只有自己了，才能更专心地做事情。"

"所以，这次啊，我会理直气壮地和她们决裂。"

"这样才对。"初时有种慷慨激昂的感觉。

但没过多久，天籁情绪低落地说："只是，我今天真的丢人了。"

"他们不会记太久的，你又不是他们生命中的主角。"初时安慰道。

中午初时跟天籁一起在食堂吃完饭后，就溜去图书馆看小说去了。

中途，手机响了，在寂静的图书馆，初时心惊了一下。

从包里拿出手机之前，她在想，会不会是她母亲打来的。如果真的是，她接不接？

只可惜，老天爷没给她这样内心矛盾的机会。

打来电话的是任远。

这段时间，任远总是会打电话给她，似乎力图要帮她改掉接电话恐惧的毛病。

按了接听键，初时小声地问："你怎么打电话给我？这个时候你们不是应该在午自习吗？小心被老师看到你用手机给你没收了。"

"你放心好了，我在男厕所。"任远得意说道。

"今天是你生日？"

"你怎么知道？"初时脱口而出。

"我邮箱发来的提示。"

"哦。"

"那啥，祝你生日快乐啊！年年十八岁。"

初时被逗笑，"谢谢你了，小鬼。"

那边不满道："喂，我再次跟你强调一遍，不要叫我小鬼。"

"少跟我废话。"初时没给他废话的机会就挂了电话。

她唇边的笑意愈来愈深，心里仿佛有股暖流在汩汩流动。

至少，还是有人知道的。

终归还是在这一天，收到了那声温暖的"生日快乐"。

傍晚，初时看时间打算往任远家走，却在楼下看到了背着书包的任远。他的手中提着一个蛋糕盒，笑得一脸阳光。

"送你的礼物。"

"你真的是……"初时突然觉得有些词穷，该怎么说他呢？

"真的是很贴心？"任远笑得一脸狡黠。

初时忍住笑意："你为什么会突然对我这么好？"

"我对你好，你不开心吗？"

初时如实回答："你不跟我作对，我当然开心。"

"那不就行了。"

"只是突然有一个人对我这样好，我不习惯。"

任远敷衍地说："你对我们好，我们当然就对你好了。"

"我们？"

"我和任佳佳啊。过去的两个月里，你给我和任佳佳做过几次饭，任佳佳过生日的时候，你还送她一套画册。"任远说着把蛋糕递给初时，"你把蛋糕送回去，然后请我吃饭吧。"

"你家阿姨会给你做饭吃的。"初时在任远家见到的那个中年女人，长着一对笑眼，看上去很好相处。

"新请的这个阿姨，她的做菜手艺不好。"

"是你嘴太叼了。"

"我不管，我给你买了抹茶起司蛋糕，你得请我吃饭看电影。"

"你还要看电影？被你妈知道了我不给你补课还带你去看电影，回头我怎么交代？"

"我爸妈今天回老家了，带了任佳佳一起，要明天才回来。"任远肩膀一下子耷拉下来，起初神采奕奕的脸上蒙上了一层哀愁。

初时问："怎么了啊？"

"你带我吃饭看电影后，我就告诉你。"

"那好吧。"初时退让，看在他心情不好的分上。

初时将蛋糕拿回家放进冰箱，然后带任远去了市中心。

"你想要吃什么？"

"想大口喝酒大口吃肉。"

初时觉得他无理取闹："我是疯了才会让你喝酒。"

任远呵呵笑着："我开玩笑的，我想吃火锅。"

"那走吧。"

任远带初时进了一家精致小火锅店，熟门熟路地上了二楼，挑选了一个临窗的位子，能够清楚地看到外面的夜景。

服务员将菜单递上，两人各自点了底锅，初时便开始豪气十足地点菜。

数量之多，令任远有些咂舌。

"我们吃得了那么多吗？"

"吃得了。"

任远持一脸怀疑态度。

"两个同样伤心的人当然要用美食来让自己的心情好一些，放开肚皮吃吧。"

"你也伤心？你为什么伤心？"任远不解。

"你得先告诉我。"

"那我们一言为定。"

两人整整吃了一个半小时，才拖着有些沉重的身子离开火锅店。

"很久都没吃这么撑了。"初时心情大好，强忍着反胃的不适。

任远吃得没她多，看样子，她似乎比他还伤心，他在心里笃定。

两人走到红绿灯口穿过斑马线到对面的万达广场看电影。

初时去买吃的，让任远自己选看哪一部电影。

等到初时捧着爆米花、端来两杯大可乐时，得知任远选看的是一部小清新爱情片，不由得乐了，逗趣道："你也想知道爱情的滋味了吗？"

任远辩解道："这部电影十分钟后开始，最快，你别诬赖我，我可是好孩子，我一点儿都不想提前知道爱情的滋味，现在对我来说学习最重要。"

"你知道就好，可千万不要早恋，影响身心健康。"

任远好奇地问："你早恋过吗？"

"暗恋过一段时间。"

"那是什么滋味？"

"千百种滋味啊，苦涩、彷徨、心酸、甜蜜……总之，很磨人。"

"你傻啊？你怎么不去告白呢？"任远语气有些激动。

初时第一次认真地想了一番，如果那时告白了，会怎样呢？

拒绝她？接受她？似乎都是最差的结局。

她并不想知道如果当时真的告白了他会说什么做什么。

她摇了摇头，将苏亮的身影从脑海中赶走，冲着任远吼道："小屁孩一个，你懂什么！"

"我怎么不懂？有很多人跟我表白。"少年倔强地仰起头。

"那你接受她们了吗？"

任远怔了怔。

"所以你根本不懂暗恋的那一方的痛苦啊。"初时觉得特别没意思。

少年一脸凝重，仍旧在思考。

初时缓了缓脸色："走吧，电影开场了。"

"你是在害怕他拒绝你。"

"如果拒绝了，那么连暗恋的资格都没有了，很多时候宁可保持原样。"

但我的那份暗恋终究是不同的，不管他有没有接受我，他都死了，再也回不来了。

电影开始后，两人再也没有交谈，任远一心一意地将视线投在前方的大屏幕上。

在通往爱情的康庄大道上，一男一女发生了啼笑皆非的故事。途中，明白生活的意义，明白生命的真谛，到最后结局一定是皆大欢喜的。初时提前搜索了一下这部电影的网络评价。

所以她看得有些心不在焉，一方面对方才和任远的争吵有些不解，另一方面，她看到了母亲在今天发来的第二条短信。

——女儿，你钱够用吗？

因为初时总是盯着那条短信看，勾起了任远的兴趣，他脑袋凑过去，看清楚信息内容。

"你妈发短信给你？你怎么还不回过去？"

"不想回。"初时兴趣缺缺地说。

"你们闹别扭了啊？"任远问得小心翼翼。

"是啊。她不记得今天是我的生日了。"

"那你就打电话告诉她，然后听她跟你说一声'生日快乐'，不就可以了，有什么大不了的。"

初时不无失落地说："这样还有什么意义呢？"

"你要求真多。"任远鄙视道。

"我发现你面对我的时候话就特别多，表情也会很丰富，但是在你父母面前，你就很沉默寡言，你两面派啊。"

"可能在你面前我比较轻松吧。"

初时失笑："现在你可以告诉我你在悲伤什么了吧？"

"我爷爷病了。"任远语气低沉地说。

"啊？严重吗？"

"肺癌晚期。"

初时"哦"了一声，也不知道该怎么安慰他，遇到这种事还真没办法安慰。

"你怎么不说话了？你都不安慰下我，我心里其实很难过。"

"那个……"初时迟疑着，"祝他老人家身体早日康复。"

"肺癌晚期还能治好吗？"

"难。"初时坦诚道。

"那就好。"

这话听着很别扭："你说错话了。"

少年耸耸肩，一副无所谓的样子："没说错，我不喜欢他，他也不喜欢我，他喜欢任佳佳。我对于他的死，也可以做到无动于衷。"

"这样说就太冷血了。"

"我只会对那些对我好的人不冷血。"

……

电影结束散场后，任远伸了个懒腰："回家帮我一块做作业吧。"

"想得美。"

"你看看现在几点了，我试卷很多，哪里来得及做？我明天还得上学呢。"

"我明天也得上课呢。"

"你别对我这么残忍啊，发挥点你的友爱精神啊，我今天还帮你过生日的。"任远可怜兮兮地说。

初时摆摆手："算了，下不为例。"

任远笑眯了眼，一副胜利者的模样。

初时越想越觉得自己掉进他的圈套里了。

任远没有想到，不过就是一周的时间，再次听到老家来的电话时，他的爷爷已经去世了。

周六的早晨，他迷迷糊糊还在床上睡觉，便听到外面的哭声。

他默然地看着任佳佳坐在沙发上抽泣，看着爸妈在收拾行李，忙乱了；家里的阿姨已将热腾腾的牛奶面包端上餐桌。

"任远，任佳佳，快吃早餐，等会儿我们回老家。"任妈妈间隙之间对两兄妹说，又匆匆跑进任佳佳的房间收拾衣物。

任远坐在任佳佳身边，递上纸巾，问："真的有那么难过吗？"

"是啊，很难过。"

"爷爷跟你又没怎么生活过，你很喜欢他？"

"喜欢啊。"

任远皱眉，不解地问："为什么我一滴眼泪都哭不出来呢？告诉我，你为什么能哭得出来？"

任佳佳哽咽地说："一想到以后都见不到爷爷了，再没人给我去捉鱼捉野鸡了，我的眼泪就止不住了。"

任远一副了然的模样，不经意地点点头："或许他没对我做过这些，所以我才哭不出来。"

任佳佳用纸巾擦干净脸，乖乖地坐到餐桌前，神情木然地啃着蘸了酱的面包。

任远去洗漱，心情也是异常沉闷，看着镜子里他茫然的一张脸，突然做出了一个决定。

他连忙洗好脸，跑到任爸爸面前说："我不回去了。"

任爸爸停止手中的动作，望向任远问："理由？"

"我跟同学约好要出去玩。"他随意扯了个谎，脸不红气不喘地说。

"去推掉。"

"不去，反正有你们回老家，我就不回去凑热闹了。"任远也不想见到家里那些不熟悉的亲戚。

"什么事能比你爷爷去世重要？去打电话告诉你朋友不去跟他们玩了，任远，别任性。"任爸爸气冲冲地说。

任远固执地将视线移向别处，没有任何其他的动作。

紧接着便是一阵沉默。

任爸爸想着任远的倔脾气又上来了，耐着性子劝说了一番，但任远依旧是我行我素的态度，任爸爸气不打一处来，直接甩了任远一个巴掌。

任远的表情僵住了，这还是他第一次被甩耳光，疼是一回事，可心里就是有股痛快劲。

他想，许是因为自己对爷爷的报复成功了。

任妈妈走进房间看到这一幕，惊呼一声，忙跑过去推开了任爸爸，护着任远，红着眼睛说："有什么话不能好好说？干什么非要打孩子？你为孩子做什么了？你凭什么打他？我生他养他都没舍得碰他一根汗毛。"

事实上，任爸爸打完后下一秒就后悔了，但面上依旧故作坚持："看你把他惯成什么样子了，没孝心，我爸的葬礼他都不回去参加了。"

"你平时也没少惯着。"任妈妈不客气地回，然后拉着任远走出卧室。

任爸爸追出来继续说："任远，你今天必须跟我回老家。"

任远没有任何反应，倒是任妈妈先开口了："孩子和他爷爷没在一起生活过，那么陌生，不回去就不回去了，有什么大不了的，犯得着你打他一耳光吗？"

"会让其他亲戚说闲话的。"任爸爸语气无奈地说。

"我们带着佳佳回去，就说任远学校补课，高中课程紧，孩子前途最重要，看别人还能说什么闲话。"

任爸爸重重地叹了口气："我爸真是没白疼佳佳，关键时刻就是指望不上任远。"

任远在心里冷哼，转身进了自己的卧室，将身子摔在柔软的床上，闭上眼睛，享受着阳光的温柔照耀，以试图平静内心的波涛汹涌。

不多久，外面变得一片安静。

初时刚走进任家，便被阿姨拉到她的房间里说了一堆悄悄话，临了还不忘提醒初时："早饭都还没吃，苏荷啊，你帮阿姨劝劝他，让他出来吃早饭，别饿坏了胃。"

"好。"初时应着，直接走向任远的房间，用力敲了敲门，等了会儿，房间里没有任何动静，这才自行打开任远的卧室门。走进去，室内光线明亮，任远就躺在细碎的阳光下，脸色显得有些苍白。

听着他均匀的呼吸声，初时唤他一声，依旧没有得到任何回应。

初时哀叹一声，坐在床边："别给我装睡。"

任远眨了眨眼睛，坐起身，用不温不火的语调说："没劲。"

初时仔细对比了一番任远的左右脸，"你左脸肿了。"

任远用手捂着左脸，有些不好意思地撇过头去。

"我都听说了，你就别藏了。"

"你都听说什么了？"任远嘴硬道。

"你不去参加你爷爷的葬礼，和你爸吵架，你爸给了你一巴掌，然后你早饭都没吃。我想告诉你，你阿姨很担心你。"

任远心虚地问："那你也觉得我做错了？"

初时认真地想了想，然后点头："是啊，你做错了。"而后，她就看到了任远眼中一闪而过的失望。

"怎么？我说你做错了，你还不服气？"初时挑眉，厉声道。

任远低下了头，不知道为何，很想要为自己辩解，告诉别人，至少告诉眼前的这个人，他觉得自己没有错。

"对，我就是不服气。"

"那你给我一个能让我信服的理由。"

"我恨他可以吗？"任远激动地问。

初时惊讶得合不拢嘴，下意识问："为什么？"连声音都低了许多。

"小的时候，他劝我爸妈放弃对我的治疗，让我自生自灭，因为治我的病花了很多钱。这个理由能让你信服吗？"

"会不会是你听错了？或者是记错了？你知道人的记忆偶尔会出错的，有时候会臆想出什么事情来。"初时抱着侥幸的心理问。

任远冷冷地笑了："我也希望是我听错了，记错了，那样我就不用这样痛苦，被这句话折磨多年了。"

"所以，我没错。"他一本正经地说。

"任远。"初时有些心疼地喊着他的名字。

"如果这种事发生在你身上，你会跟我一样心中有恨吗？"

"我不知道，因为这样的假设不成立，我没办法做到感同身受。但我理解你的恨。好了，出去吃早餐吧，你脸色不好，肯定饿坏了。"初时试图转移他的注意力。

任远有气无力地跟在初时身后走出房间。

阿姨看到任远后喜出望外，重新热了牛奶过来，不忘称赞："还是苏荷有办法。"

初时笑了笑。

任远喝着牛奶，一言不发，心情依旧很差。

"今天你把你的作业写好我检查后就结束。"初时宣布。

任远敏感地抬头，"你在可怜我？"

"你有什么值得我可怜的？"初时极力否认，"我带你出去消磨掉些心中的戾气，小小年纪心里不要有那么多负面的情绪。"

"去哪儿？"

"你以前不是羡慕我有自由吗？这次我让你感受一回什么是自由好不好？"

任远还在不明就里之际，初时已经用任远书房里的电脑订了两张南城飞厦门的往返机票，以及曾厝垵家庭旅馆的两间房。

关于自由，初时最容易想起来的便是那时候——被繁重的课业压得喘不过气、被未到来的高考压力折磨得快要窒息。

当时的她就跟现在的任远一样，内心都快枯涸了，固执地认为自由是唯一的解药，疯狂地渴望着，但无人伸出援手。

而一场说走就走的旅途，一座陌生美丽的海滨城市，便是最好的归处。

这便是初时希望给任远品尝的关于自由的滋味。

有那么一刻，初时是羡慕着任远的。他的人生虽然在小时候受过许多波折，但是长大后别人所烦恼的一切，他都不必烦恼，他活得如此随心所欲的时候还遇到了自己，遇到困难时还有自己帮助他，对他伸出援手，比起当年孤立无援的自己的处境，任远可谓太过幸运了。

下午两点多，初时和任远坐上了飞往厦门的航班，初时替任远选择了临窗的位置，此时透过舷窗能看到犹如天堂一般的云上世界，蓝色的天空下方便是厚重的云层，很平很宽，一望无际，像雪像冰，神圣不可侵犯。偶有浮云在湛蓝的天空下飘动，起初任远的眼睛是接受不了这样强的亮光的，后来看着也就习惯了。

在三万九千英尺的高空，初时低头看着一本小说，默默忍受着耳膜带来的剧痛感以及身边那位不知来自哪国的人士身上散发出来的男人的浑厚气味，偶尔用眼睛瞥几眼任远，忍不住要怪自己对他太过心软仁慈了，不然她也不用如此遭罪。

任远捧着相机拍照片，脸上是控制不住的雀跃。这当然不是他第一次旅游，但这是他第一次不跟家人说一声，偷偷跑出来旅游，他有一种长大了的感觉。

更有一种私奔的感觉。他在心里甜蜜地想着。

而这些美妙的感觉都是身边那个他心生喜欢的女孩带给他的。

一个小时后，飞机稳稳降落在厦门机场，这座城市的文艺气息最先从机场就能看得出来。

走出机场，随着人流排队坐上出租车，初时对司机说："曾厝垵。"

终于到达有着五颜六色房子的曾厝垵，虽然前往旅馆的路上坑坑洼洼，偶尔散发着恶臭味，但这并不影响初时和任远的心情。

为什么呢？因为他们自诩只是这座城市的匆匆过客，根本就没有资格对这座城市品头论足。来到这里，只需记着它的美，才不枉花去的机票钱。

初时在网上订的家庭旅馆是粉色的，名叫"时光海"。

这是初时第二次来到这里。早在一年前，她就来过厦门，那时候她渴望看到那种俗称"海是倒过来的蓝天"的那种海，浅蓝、蔚蓝、深蓝，一层层的广阔无际，在阳光下波光粼粼，散发着银子般的光芒。这是一座宁静而又热情的城市，宁静的是无忧无虑的生活作息，热情的是房子鲜艳的颜色，这里有所有旅游城市的特点——当地人都非常礼貌周到。

这也是一座令人流连忘返的城市。

所以，初时来了第二次厦门之行，接下来要带任远去的地方都算是熟门熟路。

进旅馆放置好行李后，初时和任远来到曾厝垵租自行车的地方，租了一辆双人自行车。

交了押金后，任远才拉过初时，涨红了脸说："我不会骑自行车。"

初时脸色有片刻的狰狞，认命地说："你坐后面骑，踩轮子总会吧？"

任远傻傻笑着，"那还是会的。"

环岛路是厦门最美的一条海边公路，初时和任远正处在这条公路的东南段，一路向东，都是上坡路，累得初时气喘吁吁，只得停在音乐广场稍作休息，当地人推着装满椰子的三轮车路过，不断诱惑他们买，初时让他挑了两个，插上吸管，和任远两人坐在面向大海的椅子上，拂面而来的是舒服惬意的海风，在碧海蓝天里，听着海浪声，仿佛所有的不愉快都能够被忘记。

任远觉得自己的心很静。

片刻后，他突然有些别扭，用手肘推了推身边的人："你的骑车技术是谁教你的？"

"自学的。"

"不会吧？"任远显然不相信。

初时陷入回想，说："八岁的时候，我爸给我买了辆粉红色的自行车，真的很漂亮。我心想，骑着那辆粉红色的自行车，自己也一定会变得很漂亮，所以我花了一个下午的时间就学会了。"

"肯定摔了很多次跤。"

"没有，一次都没。任远，你知道这个世界上最宠爱自己的人是谁吗？"

"父母？"

"不，是我们自己。所以那天下午我虽然跌跌撞撞的，但是一次也没摔跤，我怕疼啊。后来我想，如果当时我能对自己狠点，根本就不需要花费半天时间来学骑自行车，摔几次差不多就可以了。你看，你这样沉默，是不是也发现，这个世界上最宠你的人其实是你自己。"

任远找不到任何话去反驳，只好点头赞同。

傍晚，暮色四合，华灯初上。

初时和任远悠闲地漫步在曲折蜿蜒的木栈桥上，扑面而来的是湿润的海风，沿途粉色的小花开了一路，抬眼就能看见残阳如血，给海平面镀上了一层金红色。栈桥下，穿着艳丽长裙的女人们坐在海边岩石上嬉笑着；渔船上上了年纪的肤色黝黑的男人在抽着烟，青烟袅袅；白色沙滩上穿着婚纱的新人们在抓紧时候定格夕阳；木栈桥旁的餐厅已经是人满为患。

空气中隐隐飘来食物的香气，理智告诉初时，这就是烧钱的味道。

行人脚步变得匆匆，渐渐地，变得空无一人，最后一点光也消失在海的背后。

回到旅馆，洗完澡换了身干爽的衣服后，两人去了曾厝垵的一家名为竹屋的西餐厅，初时随意地挑选了院子里的位子，饥肠辘辘地点单，等着上菜。

这时，天边已经悬挂着一轮新月，月光清冷皎洁。

木桌上烛火明明晃晃，院子里的彩灯绚烂绮丽，餐厅的二楼是酒吧，有爵士乐传出，除了初时和任远，其他的客人都是金发碧眼的外国人。

他们随口流利快速的母语像鸟雀声一样传入初时耳中，只觉得聒噪耳朵。

初时饿得耷拉着脑袋，无力地说："还是中国话最可爱最动听。"

任远想到以前恶补英文的时候，不由得眼中闪着泪花心酸地点头赞同。

漫长的等待后，服务员终于将两份牛排端上桌，初时看了看分量，直接喊来了未走远的服务员，又点了两份海鲜芝士焗饭，加一杯螺丝起子。

任远拿过酒单："我也要杯鸡尾酒。"

初时立马阻止："小孩子，喝什么酒，不准。"说完便起身夺过任远手中的酒单交给服务员。

任远嘴角微动，笑意染进了眼眸中。

夏夜缱绻温柔，伴随着沉静慵懒的歌声，风拨动着窗下的贝壳风铃，发出清脆的声音。

一顿晚餐，吃得颇有情调。

若对面的少年换成一位风度翩翩的绅士，身着白色的衬衣，领口微敞，性感的锁骨若隐若现，有着高挺的鼻梁，长着茂密的络腮胡子，有一双迷离的眸子，对自己深情地注视着……初时抿了口螺丝起子，心想如此这样的夜才更容易醉。

因着酒精的作用，初时的笑容明显多了些，偶尔也会眯着眼睛傻笑。

任远是喜欢这样子放松的初时的，可爱随和了许多。

只是，有那么片刻的恍惚，他觉得这一切都有些不真实，像做梦一样。

走出竹屋后，路过一家烤扇贝的摊子，初时停下了脚步，要了两个扇贝，随后一脸笑嘻嘻地盯着年轻的摊主。

"帅哥，给我便宜点吧，五元钱一个行吗？你看，时隔一年，我又到厦门来照顾你生意了。"

年轻的男子动作顿了顿，看向初时，仔细想了一番，仍旧是持着怀疑的态度问："真的？"

初时忍不住翻了个白眼，有些不悦："当然是真的。唉……你居然不记得我了，也对，你每天都要见到形形色色各路人，又怎么会记得我呢？呵呵。你看，真的好不公平啊，我记得你，你不记得我了。"语气中带着自嘲与失落。

摊主赔笑："好，我算你五元钱一个。"

初时狡黠地笑了。

离开前，初时语重心长地对摊主说："你是我在厦门见过最厚道的人了，你们家的扇贝肉是最饱满的，汁多味鲜，实在应该涨价的。帅哥，你一点做生意的头脑都没有。"

摊主一脸黑线，初时还想再说什么，就被任远拖走了："不好意思，她喝多了。"

"你也太能编了。"

初时一脸懵懂地看了眼任远，没明白他话里的意思。

任远一直都以为这是初时的花言巧语，就是为了哄得摊主卖她便宜点，哪里会想到，初时说的都是大实话。

065

再次回到旅馆，初时和任远上楼准备回房间时，被一个女人叫住了。

"小姑娘，你去年来过这里是不是？"

初时停下脚步，转身望向那个女人，随后笑了："是老板娘啊，你居然还记得我，我真感动。"

"我就说小姑娘我见过，眼熟。"

"嘿嘿，老板娘，我够厚道吧，说好的还要来厦门我就真的来了。"

老板娘热情地问："去顶楼吗？今天我们在顶楼烤肉唱歌聊天。像以前那样，你给我们唱唱歌。"

初时这才注意到老板娘手中端着一大盘子的羊肉串。

"好啊。"初时爽快应着。

"这是你弟弟吧，长得很帅气。"

初时怔松片刻，不自然地笑了笑，眼睛里有了些湿气："是啊，我弟弟。"心里像被巨石压住般堵得慌，有些隐隐的绞痛。

老板娘多看了几眼任远，夸赞道："果真是个好看的男孩子。"

初时偷偷瞥了眼任远，努力扯出一抹笑容："是吧。"

"那我先上去了啊，你们等会可要来啊。"老板娘笑着先行离开，裙摆摇曳。

初时的右眼流下一滴眼泪，顺延着光洁的脸庞，在灯光下更显晶莹剔透。

任远的表情一直闷闷的，直看到初时哭了，表情才转为极端的错愕。

"你怎么哭了？"他有些慌张。

初时回过神来，看向任远，懵懂地问："什么哭了？"

任远用指尖戳了戳初时的脸颊，然后将沾着眼泪的指尖朝向初时，"你看。"

初时皱眉，冷冷地说："我可没哭。"

她的眼神在任远看来是那样的陌生，犹如一根刺深深地扎进了他的内心。

回到房间后，初时匆匆走进卫生间，打开灯，看了看镜子里的自己，依稀能看清楚脸上存留的泪痕。

回想去年，她是在一种怎样心痛的情况下向三两个陌生人提起了自己的弟弟。

时光海家庭旅馆的顶层有一大片空地，有葡萄架，有石桌石凳，有一排排晾衣绳，还有两顶帐篷，是为那些背包客提供的。

主人家喜欢和天南地北来的客人们在顶层欢快畅饮。那次，初时到顶层洗衣服恰巧遇到他们，老板娘也是这样热情地邀请她过去坐，当时他们之中不乏才情横溢的歌手，扯着嘶哑迷离的嗓子，唱令人潸然泪下的歌，表情投入。

初时原本还是很拘谨的，但是几杯扎啤下肚后，性情开放了许多，一首歌曲完毕后，初时主动要求献歌。

唱的是江美琪的那首《那年的情书》。

"手上青春，还剩多少，

思念还有多少煎熬。

偶尔清洁用过的梳子，

留下了时光的线条。

你的世界，但愿都好，

当我想起，你的微笑，

……"

一曲终了，原先活泼轻松的氛围变得悲戚深沉起来，每个人的脸上都染上了一层说不清道不明的惆怅。

初时想大概每个人的心中都有一份凝重的不可言说的思念。

后来不记得是谁先尴尬一笑，讲起了他刚刚失去的爱情。

而初时沉默在旁，一杯一杯啤酒下肚，终是变得醉意蒙眬。她拉着身边老板娘的手，泪眼婆娑地说："我想我弟弟了，你知道吗？我有个弟弟，长得可漂亮了，有一双炯炯有神的大眼睛，皮肤很白，梨涡浅浅，个子高高瘦瘦，也许过些年会越来越高，唯一不好的便是眼下有颗小小的泪痣……"

她絮絮叨叨地说了一通，最后对老板娘说："下次，我把我弟弟也带来玩。"

下次，我把我弟弟也带来玩。她心里清楚她究竟撒下了一个多么美丽而又残忍的谎言。

她哪里还会有弟弟？

她本该诚实地告诉在场的人，"我弟弟他死了。"可她实在说不出口。

她的弟弟那么可爱，那么乖巧听话，那么年轻有活力，可却死了。

这让她如何平息心中的愤怒。

其实方才若是老板娘看仔细一些，就会发现任远的眼下没有泪痣，他才不是她的弟弟。

初时终究是抑制不住内心巨大的悲痛，呼吸变得急促起来，她咬紧嘴唇，皱着眉头看着镜子里豆大的泪珠从眼里流下，随后腿发软只得缓缓蹲在地上，埋头痛哭出声。

一墙之隔，任远将耳朵贴着墙，屏住呼吸听着那边的动静。

他可以很确定，她在哭。

为什么会哭？他却不知道，他为这样的不得知而感到烦躁不安。

时间久到任远以为她会这样哭一个晚上。

他还在小心揣测着原因，一阵清晰有力的敲门声传入耳中。

任远走过去开了门，看到她已经神清气爽地站在那儿，面带着笑容，兴致极高，若不是她的眼睛还有些红，任远差点怀疑自己刚才是出现幻听了。

"我们走吧。"她的声音有些嘶哑，她不自觉地用手摸了摸有些疼的喉咙，显然是哭得太过用力了，扯破了嗓子。

"等一下。"任远惊觉自己的语气中带了怒意。

"怎么了？"初时一脸无辜地问。

"为什么你不否认？我算是你哪门子的弟弟？"

"那我要怎么介绍我和你的关系才不会令人多想，以造成不必要的麻烦？"初时淡淡的语气将问题反抛给任远。

任远张了张嘴，发现这真是一个无法回答的问题。

可我就是不想做你的弟弟啊。他在心里呐喊着。

"所以，有些小事，你就不要太较真了。"

爬上顶层，初时就闻到了烧烤的味道，刺鼻的气息中带着烤肉的香味，她笑着拉着任远跑到老板娘身边，席地而坐。

老板娘递给她肉串，她将肉串悉数给了任远。

在场除了老板和老板娘，还有两位女生，皮肤被晒得黝黑，发质也有些枯糙暗黄，但精神气很足。

"这是猪猪和小文，刚从拉萨坐火车到广州然后转车过来，是认识很久的朋友了。"老板娘热络地介绍道，然后指着初时和任远，"这是以前住过我家的小姑娘苏荷，这是她弟弟，苏荷唱歌很好听。"

叫猪猪的女孩说："看到他俩皮肤这么白，我都快羡慕死了。"

任远微微笑了："我却羡慕你们的阅历。"

"苏荷，你这弟弟可真会说话。"小文乐呵呵地说。

初时勉强地笑了："他笨着呢。"

一整晚的时间，初时和任远都在做敬业的聆听者，听着猪猪和小文讲述这几年她们的生活与经历，有快乐的，有惊险的，惹人一阵唏嘘。

任远时不时地看向初时，她的眼角带着浅浅的笑意，静静地喝着酒。

他突然做出大胆猜测，她的弟弟出事了？所以她才会情绪失控。

她知道他的秘密，而他对她却是知之甚少，这不公平，想到这里心中多了几许郁结。

与这个世界握手言和

任远给自己倒了杯扎啤，手背却被突然打了一下，差点洒了酒，侧过头就看见初时瞪着他，一脸不耐烦地说："高中生喝什么酒？不准喝，这是今晚第二次对你说了。"

任远讪讪地放下酒杯，眼睁睁地看着初时夺过他手中的那一杯啤酒一饮而尽。

午夜过后，在座的人才带着浓浓的困意散去，打着呵欠各自回房间。

初时的脚步有些不稳，跟跟跄跄地差点摔倒在地，她觉得自己眼前的世界在摇晃，脚步虚浮。

任远停下来等她，她的脸上突然笑靥如花。

下一秒，便见她闭上眼睛，往后仰，要不是任远眼疾手快，她就摔倒在地，脑袋开花了。

任远惊魂未定，粗重地喘着气，背起已经睡着的她，让她趴在自己不算宽厚的肩膀，脚下的每一个步子都尽力做到稳重。

费了很大的力气才将她送回房间，放在床上，随后替她盖上了被子，任远俨然已经汗流浃背，气喘吁吁。

他揉了揉酸胀的手臂，坐在一旁的单人沙发上稍作休息。

初时翻了个身，露出大半个身子，任远无奈地叹了口气，走过去帮她把被子盖好，房间里空调的温度又提高了几度才放心离开。

次日，初时自宿醉后的头疼中辗转醒来，口干舌燥，脑袋沉沉的，一片空白，鼻子也堵塞了。

初时看了看手机上的时间，舒了一口气，才八点半。

她"唔"了一声，不情愿地起身去洗漱，然后去敲任远的房间门，门被打开，房间里干净如初，床上放着任远的黑色背包，显然已经收拾好了一切准备离开。

"不知道为什么一早醒来会有一种怅然若失的感觉。"任远说。

"也许……"初时刚说出两个字，就发不出声音了，她猛地咳嗽了一声，忍着疼说，"也许是因为你舍不得离开吧。"声音还是很低哑。

"似乎是这样的，这里有我想要的自由，有很缓慢的生活节奏，不需要受到父母的控制，不需要整天被束缚在学校里然后每日重复枯燥的生活。对，我就是舍不得离开。"

"现在的你或许会因为贪图享乐而无比迷恋这里，可是时间久了，你就会发现比起这些，你所思念的、在意的，才是最重要的。在一座陌生孤独的城市里，没有根，所有的停留都是落魄漂泊。"

任远似乎有些明白了："家人？"

"是啊。无论做什么事情，每个人都希望自己能够得到家人的陪伴或者是谅解。很多时候，只有家人的支持才是坚持下去的动力。没有了家人，你所谓的自由便毫无意义。"

"我就像一只倦鸟一样，不管如何折腾是一定要归巢的。"任远不无失落地说。

"你总有一天会长大，会展翅高飞，会成为父母的风向标，到那一天，才是你真正自由的时候。"初时困难地咽了咽唾液，嗓子疼得更厉害了。

"你还是感冒了。"

"昨晚我怎么回房间的？"初时还是记不起来，脑袋里最后的记忆还停留在顶楼喝着啤酒。

任远一下子红了脸："我背的你啊。"

初时故作冷漠地说了声："哦，谢谢啊。"内心却觉得尴尬不已。

离开家庭旅馆后，初时带任远去芍园吃了盘意面。

芍园里的黑猫又长大了许多，在木桌木椅间上下乱窜。

任远看着桌子旁的一堆便利贴，是游客留下来的。他好奇地问："你以前来这里，有写过便利贴吗？"

当然写了。只是不方便被你看到。初时在心里腹诽。

——任初时，你一定要幸福。

当然，她也知道，即便是任远找到了那张便利贴，他也不会知道这是她写下的。

"写了。"初时坦承。

"写什么了？"

"忘记了，估计是到此一游吧。"

"你俗气不俗气？"任远一脸嫌弃道。

初时呵呵笑着，不甚在意。

用完餐后，初时就和任远坐上了曾厝垵开往鼓浪屿轮渡码头的公共汽车。

车子一路晃晃荡荡，挤满了人。

到达轮渡码头，初时下车一阵反胃，差点吐出来。

任远担忧地问："你还好吧？以后还是不要喝那么多酒了。"

"我又不是经常喝酒。对了，你昨天没喝酒吧？"

任远故意使坏："喝了，我们还干杯了呢。"

初时惊吓，随后一巴掌用力拍上额头，一脸懊恼加追悔莫及地哀叹："天呐！我真是疯了。"

任远得意道："这下子你也有把柄在我手里了，哪天我不高兴了，我就告诉我爸妈，让他们把你辞掉。"

"你试试看。"初时恶狠狠地说。

Chapter 4

/你的名字便是我们的缘分 /

她梦想着有一天，她可以亲口告诉他
一句话：你的名字便是我们的缘分。

她知道，这一天总会到来的。

只是时间早晚的问题，她现在能做的
只是耐心等待，心怀美好。

初时觉得鼓浪屿是专门用来让自己迷路的。

这里有着各式各样的风情小店；有着蜿蜒的羊肠小道；有紧闭大门的古老别墅；有五彩缤纷的鲜花；有五颜六色风格迥异的房子；有许多被养得胖胖的喵星人；有无数穿着婚纱定格微笑瞬间的新人……

每天都有几万游客坐着轮渡或者快艇而来，令初时觉得神奇的是，这小小的岛屿，却不令人觉得拥挤。穿梭在繁花似锦里，连白色墙面上的斑驳痕迹都不再代表着落败而是珍贵美好。

任远捧着相机，目光追随着一直走在他前面的初时。

"苏荷，你转过身来，我来看看你有没有传说中的女人必杀绝招。"

初时头也不回，悠闲地问："什么是女人必杀绝招？"

"回眸一笑啊。"

初时"扑哧"笑出声来，停下了脚步，缓了缓自己的情绪，然后慢慢微笑着转过头来，故作姿态，拿掉墨镜，眸子透亮逼向任远，柔情似水。

任远按了快门键，定格下这美好的瞬间。

初时有些腼腆地走过来，一把夺过任远的相机，翻看照片："这样看，我其实还挺漂亮的。"

初时今天穿着一身宝蓝色挂脖吊带长裙，性感地露出了白皙的后背，头发中分一把扎成个发髻，脚上踏着黑色的拖鞋，长长的裙摆若隐若现地露出十分骨感的脚踝，是人群中最闪亮的视线聚焦点。

宛然像一个留恋人间的妖孽。

任远贪婪地欣赏着她不矫揉造作的美，一直都在恍惚中。

午后，鼓浪屿突然下起了太阳雨，初时和任远坐在老榕树下的木制长凳上躲雨，看着来来往往路过的行人，饶是在这样的情况下，大家的步伐依旧是缓慢的。

任远聆听着雨声，忽然开口说："真稀奇，我还是第一次见到这样的太阳雨。"

初时看着地上透过绿叶照射下来的斑驳光影，笑了："这是一场美丽的邂逅，不过应该很快就停了吧。"

果然片刻后，这场太阳雨就停下了。然后，在热烈的阳光下，地面上雨水的痕迹慢慢地蒸发掉。

初时带着任远去吃了梅花雪糕，桂花口味的，很是清新。随后又去买了几盒椰子馅饼作为伴手礼，路过古风店的时候，他们寄出去两张明信片，收件人是自己。

"你很幼稚。"任远虽然嘴上这样说着，但还是跟着初时一起给远在南城的自己寄去了一份纪念与祝福。

最后，他们选择走进一家饮品店，路过琳琅满目的吧台，踏上空间逼仄的楼梯到达二楼，行走朦胧的灯光中，四周涂满红色墙漆，间隔一段距离挂着向日葵的油画，每一张木制桌子上都摆着插花和一份饮品单子。初时选了最里面的位子，和任远面对面坐着，一边喝着花了五十元榨的西瓜汁一边歇脚。

空气中传来美妙的音乐声，初时突然觉得脚下有毛茸茸的东西在蹭她，低头看发现脚边正躺着一只又白又胖的垂耳猫，慵懒地闭着眼睛，也不知是在睡觉还是与他们一样在欣赏音乐。

时间在静静流逝。

任远见她心情不错，咬咬牙问出了心中的困惑。

"苏荷，你弟弟是不是出了什么事？能给我说说你弟弟吗？"

这个时候，她不得不承认，眼前这个少年，观察入微，有着一颗敏感细腻的心。

这个问题如此突兀，却一点都没有令初时感到惊诧，相反，更像是她已经等待许久的问题。两人的视线在空气中相撞在一起，他们隔着不远的距离，清晰地看着彼此眼中自己的模样。

"为什么想要知道？"这是一件与他并不相干的事情。

"我总觉得这样才公平，你知道我的秘密，我也得知道你的一些事。"

出乎自己的意料，她发现自己一点也不排斥告诉任远那些事。

"从哪里说起呢？"初时喃喃自语。

脑袋里思绪乱如麻，初时一点点在整理着，任远在一旁耐心等待着，也不催促。

"我弟弟他长得很像我妈，尤其是眉眼间，一颦一笑都与我妈惊似，深得爷爷奶奶的喜欢，不过他很胆小，话很少……"仅仅是忆起这些，初时就已泪流满面，哽咽得一度发不出声音。

"敏感脆弱，害怕见陌生人，常常跟在我的身后，像个跟屁虫一样，甩都甩不掉。"初时哭着突然笑了，眼泪被吃进嘴里，是一种微咸中带着苦涩的味道。

任远递过来纸巾，帮她擦去些眼泪。

初时木讷地看着任远，默认他与她之间有些亲密的动作。

很久之后，初时悲伤的情绪才稍微平复了些。

"任远，你知道吗？我弟弟他死了。他很小的时候，我一直都在欺负他，我不喜欢他分走别人对我的爱，我一直一直都在毫不避讳地讨厌他，我被家人打过、骂过，他们说我无理取闹任意妄为也好，我就是无法做到去爱这个弟弟。可是你知道吗？在他死后，我才明白，我是爱他的，可惜我还没来得及对他好。"

说出这些话的时候，初时始终紧闭着眼睛，眼泪再次流出来，湿了一脸。她咬紧牙关，这一刻，她竟发现自己无法坦然面对任远。

只因为他的名字叫任远。

她多想告诉他，我的弟弟也叫任远。那时的我，希望他一直远远的，远远的，不要靠近我，不要靠近我的生活。最终，他果真如名字一样，永远离开了她的生命，真是个令人悔不当初的结局。

初时觉得心如刀割，胸口郁结得快要窒息了。

"这是什么时候的事情？"

初时缓缓睁开眼睛："我 18 岁那年的事情。"

"你为什么要带我来厦门？"

初时深吸了口气，装傻道："想来就来了啊。"

大概是为了弥补下心中的缺憾，假装自己真的带着任远出来玩了一次，虽然这个任远非那个任远。她在心里补充道。

她忽然想起了他的爷爷，尝试说起："也许你应该去参加你爷爷的葬礼，如果你坚决不去，我觉得你以后会后悔，就像我这样。当初的信誓旦旦到最后变成了笑话，有着血缘关系的两个人，是很难真的仇深似海的。"

任远将她的话听了进去："让我再想想。"

"我希望你能做出正确的判断。"初时的语气变得语重心长。

任远无法忍受地说："苏荷，我不希望，我不希望你把我当作你的弟弟。"

"我年纪比你大，你不是弟弟难道是哥哥？"

"就正常的朋友关系不可以吗？"

"不行，我就爱把你当作我弟弟。"初时口吻霸道地说，而后起身离开。

终究是拗不过她，任远望着她的背影无奈叹息一声。

我从不把你当作姐姐，从不叫你苏荷姐，就只把你当作红尘中一个普普通通的女孩，可以去喜欢、去爱的女孩。多想，你跟我一样存有私心，我是那个有一天你会爱上的人，是可以依靠的肩膀，而不是需要你照顾的弟弟，在你眼里，永远也无法长大。

总有一天，我会长成参天大树，枝繁叶茂，为你挡风遮雨。

离开鼓浪屿，初时带着任远去了对面的西餐厅，享受在这座城市的最后一餐，一份 78 元的招牌牛排套餐，便可额外享受自助台上排列整齐的美食。它们色彩鲜艳，种类繁多，一下子治愈了初时，令哭累的她精神振奋起来，获得了极大的满足，而杯盘狼藉间，落地窗外，闪着鼓浪屿的霓虹，璀璨夺目。

在胃口得到极致的满足后，休息了片刻才出门打车去往机场，十点的飞机，他们终将要对这座浪漫迷人的城市说"再见"，就算内心有再多的不舍眷念，然而这里不是他们的归宿。

对于初时来说，虽然此刻的心情不足以好到与来时的心情作对比，但至少不是悲伤的，这就够了。

任远终于在心里下定了决心，他决定回老家去向爷爷做最后的道别，弥补这辈子不能做关系亲厚的祖孙的遗憾。他开始承认，或许他在那些年里恨着的同时，也在渴望着那双看尽沧桑的眼睛能够短暂停留在他的身上，那个人对他说些关爱呵护的话。显然那个人没有那么做，而他也一直在缺失的遗憾中等待落空。

深蓝色的天空闪着半明半灭的星光。

车厢里，一片静寂，身边女孩的眼睛一眨不眨地盯着窗外看，沉浸在自己的心思里。

任远的嘴角漾起了一个感激的笑容，心情渐渐明朗，怀揣美好。

你不过就是给了我一点温暖，我就忘记了世间的冷淡。

落叶缤纷的秋天席卷了全城，冷空气降临，街景一下子变得萧瑟寂寥了许多。

日子在波澜不惊、平淡如水中慢悠悠晃过。

初时在结束了为期两周的期中考试后，最喜欢做的事情便是待在开着空调的图书馆里晒太阳，再投币买杯热奶茶或者咖啡，手边放一本小说，便能消磨掉一个下午的时间。

而任远一改往日闲散的生活作风，近期也开始收敛起平日的玩性，看着初时的时候，眼神总是异常的虔诚，目光灼灼，行为举止乖巧听话，无非就是希望初时能够帮他画重点，以迎接即将到来的期中考试。

这些天，初时都会自动延迟回家的时间帮任远巩固知识点，告诉他答题的技巧，碰到任远放假的周末，更会直接叫他去南大图书馆，挑一个角落的位子，给他补课。偶尔任佳佳也会跟来，喜欢有事没事的时候黏着初时，缠着她玩纸牌，这是上次她跟爷爷老家的姐姐学到的游戏，很是痴迷。

因着初时和任佳佳的感情与日俱增，任远不免在心里悄悄亮起了小红灯，明里暗里地试探初时："你觉得任佳佳怎么样？你喜欢任佳佳吗？你是喜欢她多一点还是喜欢我多一点？"

每到这个时候，初时就会觉得很无语。但她憋着笑意，照顾着少年脆弱的心灵："放心，我还是喜欢你多一点。"

不管是不是敷衍，任远总会高兴上一段时间，在任佳佳面前一直趾高气扬、昂首阔步。

考试前一晚，任远在书房里背书，任佳佳拉着初时去了她房间。

粉红色的床单上，散着一副纸牌。

任佳佳讨好地笑着："姐姐，跟我玩一局吧。"

初时失笑："我真是怕了你了，小赌徒。"

她熟练地洗好牌后，利落地发牌。

任佳佳一边理牌一边说："我从没看过我哥对待考试这么认真过，吓到我们全家了。"

"因为有奖励啊。"

"什么奖励？"

"如果他能考进班级前 30 名，你爸就会送他一辆 Specialized 自行车。"这件事起初是任远和他爸之间的秘密，但是没过几天，任远就没忍住对初时全盘托出了。

"就为了一辆自行车？他会骑自行车吗？"任佳佳一脸不相信。

"拜托，Specialized 相当于汽车界的宝马，不要小瞧啊，他看上的那款比你的钢琴都值钱。"初时感慨着。

任佳佳嘟着嘴，赌气道："我让我妈送我一辆。"

门被推开，任远探出个头："任佳佳，你以后少跟苏荷套近乎。"

"干吗？苏荷姐又不是你一个人的。"任佳佳不服气地回。

"我不管，苏荷就是我一个人的。"

任佳佳被气得说不出话来，只得冲他翻几个白眼。

"我要去告诉爸妈，你最近在偷偷喜欢你们班上一个男生。"任远得瑟地说。

任佳佳瞪大眼睛，一脸不可置信，从床上跳下来冲到任远面前，指着他的鼻子鄙视道："你居然偷看我的日记，你怎么可以偷看我的日记？我很生气啊。"

"我很生气啊。"任远模仿着任佳佳的语气说，随后坏笑道，"从现在开始你要给我乖乖的，听我话，不然我把这件事告诉爸妈，后果是什么？我也不知道。"

任佳佳作势要打任远，任远眼尖逃开，她不放弃地追了出去，不多久外面传来了吵闹声。

初时笑笑，想想任佳佳与任远之间这种相处模式还是很惹人羡慕的。

门外传来任妈妈的声音："哎哟，两个小祖宗，别闹了。"

"妈，哥他欺负我。"任佳佳顺势打起了小报告。

"我时间宝贵，不跟你一般见识。"任远声音愉悦地说。

初时走出房间，看到任远自觉地回了书房，看上去心情极好，任佳佳披散着头发，笑得谄媚，挽着妈妈的手臂，讨好地说："妈，我想要辆自行车。"

"你要自行车做什么呀？你又不会骑。"任妈妈帮任佳佳理了理像被轰炸过的头发。

"爸答应哥只要他考试考好了，就给他买。我不管，他有的，我也想要。"

任妈妈眼中闪过一丝精明，挑眉说："等你钢琴考过业余十级了，我也给你买。"

"妈，你现在就给我买吧，比任远先得到，气死任远。"任佳佳撒娇。

"就这样了。"任妈妈一人愉快地做下决定，不再理会任佳佳，打开了电视调台。

任佳佳失落地起身离开沙发，路过初时，悄悄地拉着她去了任远的房间。

"我知道我哥的秘密。"任佳佳神秘兮兮地说。

初时小声询问："什么秘密？"

"他把收到的情书都藏在了床下的盒子里，心情不好的时候就拿出来看，你说他变不变态？搞得自己好像被全世界爱着一样。"

初时脸上的微笑有些僵，心情变得复杂，刚附和说了声"是挺变态的"，就看着任佳佳真的从床下找到了任远的铁盒子。

"哎呀，上锁了，真没劲。"任佳佳兴致全无，失望走开。

初时将任佳佳扔在床上的铁盒子重新放回原位。

心里忍不住地心疼任远，想起他曾说自己缺爱，是否用这种方式获得了些许的安慰？

三天的紧张考试结束后，任远的周末生活开始了。

他千叮咛万嘱咐这个周末要自己使用时间，初时一听，乐得自在，她正好可以去逛商场试冬衣。

中午的时候，在商场的餐厅等位吃饭，却接到了慧慧的电话。

那边声音雀跃："你在哪里呢？"

初时有些恍惚，不太习惯她如此热情的声音："在逛街啊。"

"你现在站起身来，向右转，然后抬头看对面。"

"干吗？"

"我就在五楼的健身房，和 Simon 一起跑步。"

"不会吧，这么巧。"初时如她所言，果然看到了远远的她在向她招手。

她扯出一抹笑容回敬。

鉴于上次见慧慧的男朋友后发生的一系列不愉快，初时有意避之，

"慧慧，你们好好玩，我要去吃饭了。"

"等等我们啊，我们一起吧！"

初时故作为难道："呃……我和朋友约好了，下次吧。"

挂了电话后，她匆忙走进餐厅，在服务生的引领下坐在红色圆形沙发卡座上，抬头对服务员说："我等会儿再点餐。"

服务员帮她倒了杯热茶后便离开了。

初时拿出手机，给任远打电话。

电话刚接通，初时先开口问："在哪呢？"

"和朋友在网吧打城战啊。"

和初时猜测的一样，任远的生活其实还是很枯燥的，主要是被他爸一路扼杀兴趣爱好督促着学习，所以他感兴趣的事情也不太多，除了玩些网游进进游戏厅。

"没吃饭吧，我请你们吃饭，快来啊。"

"今天不是你领我妈工资的日子啊。"

"少废话了，我饿着肚子等你们，快点过来。"初时也不管任远愿不愿意直接报了地址，然后挂了电话。

嘈杂的网吧里，任远盯着手机一直在傻笑，丝毫不在意电脑屏幕已然灰屏，他的牧师角色死在别人的武器下，甚至一直被人卑鄙地守尸。

一旁的龚行之不经意地转过头瞅他，纳闷地问："谁打来的？你笑得一脸花痴样。"

任远回过神来，退出游戏。

"有人请吃饭，你去么？"

"去，当然去啊。"

到了餐厅，龚行之看到请客吃饭的人是初时，收起了平日里吊儿郎当的德行，变得一本正经起来，连笑容都是一丝不苟的，认真严肃。

"姐姐好。"

恭敬礼貌的样子，装得可真像个好孩子。任远在心里啧啧不屑。

初时微笑着点头致意："你好。"

"正式介绍下，这是苏荷，这是龚行之。"

"姐姐，我是任远最好的朋友，以后我也会是你最好的朋友。"

初时有些受惊，连声音都不连贯了："好……的。"

"好什么好，龚行之他想追求你。"任远不客气地揭穿龚行之曾经的企图。

"呃……"

龚行之尴尬地笑着，摆摆手，否认道："不是那么回事，误会误会，我对姐弟恋没兴趣的。"

初时对这些玩笑话不甚在意："点菜吧，你们也应该饿了。"

"还是跟着姐姐混有肉吃，我跟着任远混了几年，这小伙子都没请我吃上一顿肉，回回都是在敲诈我。"龚行之一把辛酸泪。

"你零用钱比我多。"任远一副理所当然的样子。

初时喊来服务员，点好单后，恰巧看到慧慧挽着Simon在服务员的引领下到刚收拾好的餐桌前，慧慧突然停住脚步，笑着跟初时打招呼："原来你约好的人是任远他们啊。"

初时暗自松了口气，有一种谎言没被拆穿的庆幸感，赔着笑："是啊，是啊。"

"Hey，任远，好久不见。"Simon随性地举了举手掌。

"你好，Simon。"任远礼貌回应。

因为Simon人高马大地立在过道，俊美容颜惹来不少客人的注视与小声交谈，慧慧环顾四周，颇为骄傲满意地拉着Simon去入座了。

龚行之满面怅然："长成他那样的，有几个女人能招架得住？"

任远拍了拍他的肩膀："好在不管是中国还是美国都是一夫一妻制，他长得再漂亮也只会有一个妻子。"

　　"不是有那么一句话吗？从此我嫁的人都像你。"龚行之忍不住去想，若以后遇到的女人脑袋里都想着别的男人只觉得很恐怖。

　　"放心，你和他不像。"任远再一次毫不留情地戳穿。

　　初时笑看他们俩，插嘴道："想太多。"

　　龚行之认真摇头："不不不，这是个很现实很长远的问题。你看，我们最后的归宿不都是家庭吗？事业再成功，还是要娶妻生子的。但是娶谁，将是个非常伤脑筋的问题，需要我们从小就思考。"

　　"船到桥头自然直。"任远安慰道。

　　初时啧啧摇头，"没想到你小小年纪就'恨娶'了。"

　　"姐姐你呢？你想过要嫁给什么样子的男人？"龚行之问。

　　初时不经大脑思考，脱口而出："能一直把我当孩子宠的男人。"

　　"就这样？"任远有些诧异。

　　"不然还要怎样？"初时反问，她认为能做到这一点绝对能称之为好男人。因为大多数男人都比女人幼稚，渴望别人的宠都来不及了，哪里还会想到要付出心力去宠别人。

　　"我以为你起码会说得有个大房子的。"

　　"能宠我的男人比拥有大房子的男人可爱多了。"

　　任远暗自记在心里。

　　而在他们都没有注意到的不远处，Simon意味深长地望着初时笑了笑，视线灼热。

　　仅仅一个周末的时间，学校老师就像打了鸡血一样，把期中考试的各科分数、班级排名、年级排名全都弄好了。

周一早操结束后，任远从第一节语文课开始就轮番受到老师们的试卷轰炸，算了算已经知晓的几门课的分数，依旧是毫无概念，分不清好坏，任远也不知道是该哭还是该笑，他茫然地度过上午时间，只觉得已耗费一生的力气。

午休时，班主任老袁板着脸走进教室，将成绩名次表贴在教室后方的黑板报旁，然后沉默离开，没有夸赞，没有鼓励。

任远看到周围的同学一下子不淡定了，教室里哄闹一片，有几名女生已经跑去看自己的排名情况，总之有人欢喜有人愁。

片刻后，任远也按捺不住好奇，站在围着的人群外，看了几眼就找到了自己的排名，在班级排第 25 名，在年级排第 100 名，他无声地笑了，一双手紧紧握成了拳头状，怕自己做出激动的举动惊扰到同学，又看了看排在前面名次的同学的名字，这才回到座位。

隐隐地听到了身后有抽泣声，任远扭头望去。

吴亚娟，班级第 4 名，她哭了。

为什么？任远觉得自己一下子不理解这个世界了。

在心里咆哮：考试考第 4 名都哭，那依照我从前的水平早就该自刎了，女生果然是不容易知足的生物。

任远长长地呼出一口气，觉得世界真美好，同学真可爱。

因着他想要的自行车终于要到手了，心情无限好。

任远张望了下教室，偷偷地从背包里拿出了手机，头趴在桌上，嘴角上扬，挂着抑制不住的兴奋，迅速打字。

刚编辑好短信准备要发送的时候，身旁的窗户玻璃发出砰砰声响，任远停下动作，抬头望去，只见一个人影逆着阳光站在窗外，他心里陡然一惊，暗叫不好，表情变得不自然起来。

下一秒，窗户被拉开，老袁面无表情地说："给我。"

原先还很热闹的教室立刻变得鸦雀无声，大家都屏住呼吸，好奇地望向任远，不明白他到底做了什么出格的事情。

任远极不情愿地将手机递了过去。

"跟我到办公室。"

老袁走后，任远能感觉到教室里的同学都是瞬间松了口气的状态。

身后的人同情地说了句："祝你好运！"

任远走在通往教师办公室空无一人的走廊上，踩着自己的影子，让自己完全放松在阳光下，晃晃悠悠地来到老袁的办公室。

对于接下来老袁要给予的训导，任远都能猜得差不多，对于被训一顿也已做好了全部的准备。

然而，当他看着老袁翻看了他手机里的内容时，气不打一处来，觉得自己高估了人类的自觉与素质。

"不要翻看我手机内容，这是我的隐私。"

"学校规定禁带手机，这些你不清楚吗？"老袁厉声训斥，无视任远的重点。

"清楚。"任远语气不善地说，"但如今连小学生都用手机了，我觉得这条校规不合理。"

"呵，你还好意思质疑起校规来了。"老袁用轻蔑的语气说。

后来，老袁一连看了好几条短信，都是发给同一个人的。

——我到图书馆找你。

——你在哪里？

——晚安，早点休息。明天还要上学。

……

都是些毫无暧昧的内容，于是老袁顺口问了句："苏荷是谁？"

本以为这个问题无关紧要，很快就过了。

你的名字便是我们的缘分

但是，任远居然回答不上来，这也太奇怪了。

"她是你的谁啊？"老袁重复。

内心深处有个声音一直在强调着姐姐，如果告诉老袁苏荷是姐姐就万事大吉了，可是任远选择遵从自己的本心，结巴地说："一个朋友。"

"朋友。"老袁重复了一遍，立刻打消之前自己觉得正常的想法。"你知道学校禁止早恋吧？"

"知道。"

"知道早恋的后果吗？"突然，老袁停止了动作，问任远相册里的女孩是谁。

"什么女孩？"任远也是一头雾水。

老袁将手机递给任远，任远看到手机屏幕上的那张女孩的照片，猛然记起，是那次在鼓浪屿的时候，任远帮初时拍摄的关于回眸一笑的照片，他觉得很惊艳，回家后偷偷拷贝进了手机。

"这就是苏荷啊。"

"你现在是在早恋啊。"老袁用一种很肯定的语气说。

不给任远任何反驳的机会，老袁又自顾说着："早恋的性质是很恶劣的，对身心健康发展都不好，我一再对你们耳提面命早恋的危害，你们居然就是不听。你和这个苏荷在交往吗？"老袁还在苦口婆心地劝道。

任远很想回一句"要你管"，但最后理智战胜了一切。

他选择了一种比较稳妥的方式——沉默，任凭老袁说破了喉咙，就是不满足他的好奇之心。

"明天让你家长到学校来，我们需要就你的问题好好谈谈。好了，你可以回去了。"

"我的手机还我。"

"手机里的就是你早恋的证据，我明天会交给你家长的。"

虽然自己真的跟苏荷之间没有恋爱，但是任远还是会有一种大祸临头的感觉。

这种彷徨不安，持续到放学。

第一次，任远有些害怕见到苏荷了。

吃晚饭的时候，任远一直都很沉默，胃口不佳。

任爸爸欲言又止，最后做好了最坏的打算问出口："期中考试考得怎么样？"

"班级第 25 名，年级第 100 名。"任远表情淡淡地回。

任爸爸喜不自胜："不错啊，你达到目标了，老爸明天就让人从澳大利亚给你买车。"

"谢谢爸。"任远情绪不高地道谢。

任爸爸困惑了："怎么不高兴啊？"

任远正犹豫着要怎么开口说老袁请家长这件事，任爸爸继续说："哦，我知道了，你肯定是不满意现在的名次，我的儿子现在越来越有雄心壮志了，不错，不错，已然与往日不可同日而语了。"

任爸爸讨好地夹了块牛肉到任远碗里。

任远面上苦涩地笑，内心一直否认着。

"爸，我可没有那么高的思想觉悟与追求。"

"爸，你明天要做什么？"

"公司最近很忙，订单比往年要多一倍，工厂里在连夜赶工，明天交货。我准备请工人吃顿饭，慰问下大家。"

"哦。"

"有事？"

"没事没事。"任远讪笑。

这时，任妈妈和任佳佳从外面回来，初时也来了，带着一身的寒气。

"外面下霜了，冻死人了。"任佳佳打着哆嗦说。

"你穿得太少了。"任妈妈拉着任佳佳去穿厚衣服。

初时的脸上一直保持着微笑，眼神温柔地看着这一切。

任爸爸激动地对初时说："苏荷，你来得正好，你知道小远考试考多少名吗？小远，你自己告诉你的小老师。"

初时一脸期待地望着任远："看样子，考得不错呢。"

"还行。"任远不敢正视初时的目光。

任远说了自己的名次后，放下碗筷："我吃饱了。"然后去往书房。

初时还沉浸在他又进步的喜悦里，追过去说："你果然没令我失望。"

"是吗？"任远在心里疑问。

一整个晚上，初时都有种错觉，那便是，任远貌似在逃避着她，有些心不在焉。

讲解完最新的课程后，初时小心翼翼地问："你做什么亏心事了？"

任远呆住了："你怎么有双似乎能看透一切的眼睛？"

"果然有事啊。"

知道面前的女人免不了要幸灾乐祸，可是任远还是如实说了："我手机被老袁没收了。"

"你活该，我都让你不要带手机去学校了。"

任远破罐子破摔，索性全招了："不止如此，他看了我手机内容，怀疑我在谈恋爱，对象是你。"

"什么？"她完全没有想到这样一顶帽子就这样被乱扣在自己头上，感觉不可理喻。

"就是这样。"

"你班主任凭什么这么说？"初时觉得很可笑，这样的怀疑一点根据都没有，完全是种凭空臆想。

"他们都有些敏感。"

"我突然觉得自己被侮辱了。"初时已由最开始的错愕变为愤怒。

侮辱？任远仔细琢磨着这个字眼，发现自己很受伤。

他的表情忽然变得很落寞。

初时追问："你向他解释了没？"

"明天他要跟我家长面谈，我爸妈没空，你作为我家长去吧。"

"我？你……"

"就这么办吧。"他故作镇定地说，"有误会就去澄清。"

初时仔细想了下，发觉这件事还真的得自己亲自出马才可，不然被任远的爸妈知道了不知道要怎么想，反正一定会很尴尬。

"去就去。"她有一种完全豁出去的壮烈感。

老袁是个治学严谨的中年男子，不苟言笑，不抽烟不喝酒，无任何不良作风，穿衣考究不邋遢，戴一副无框眼镜，眼镜后的一双眼睛常常透着冷冽凌厉的光芒，站在那儿自有一份威严在，他喜欢悄无声息地站在教室外窥探学生，据说以前他带的班级里的学生十有八九心脏都有些问题，都是被他吓出来的。不过，正所谓严师出高徒，这些年他的教学成绩一直很好。他的妻子是与他同校的老师，教英语，温婉优雅有气质，女儿三岁多，因为湿疹前段时间被剃了光头。

任远告诉初时这些后，初时紧张得肚子疼。

隔天一早，初时打开衣柜特地挑选了一条白色呢子连衣裙，外面套件粉色中长款羊毛大衣，肤色打底裤，脚踩着五厘米高的黑色马丁靴，让自己看上去显得精神十足。

化了妆后愈加成熟妩媚了。

初时刚走出卫生间，就得到了慧慧和颜颜的一致赞美。

她今天上午有两节课，一路走到教室，回头率百分之百。

天籁拉住她说："你今天是受了什么刺激了？穿得如此高端大气，不过就是老贾的课，用得着你如此精心打扮么？真的是和从前判若两人啊。"

教室里的同学窸窸窣窣地都在议论她。

初时有些局促不安："这是我的战衣啊。"

"什么意思？"

"我做家教的小孩被老师请家长了，我替他家长去趟学校，权当提前见见世面。"

"你很悠闲啊。"天籁羡慕道。

初时笑都笑不出来了，悠闲得要去吵架？谁愿意这样悠闲啊，这不也是没办法的事情。

她难得高调一番，后果就是两节课里被点名叫起来回答问题的次数增多了，回答不正确时，还被老贾讽刺一下，对着全班人说，女人要多重视内涵。初时表面不动声色，虚心接受，内心气得差点呕血。

艰难地挨到下课，初时如风一般地离开了教室，一口气跑到校门口打车去市一中。

到市一中校门口的时候，任远显然已经在大铁门内等待多时了，她做了姓名登记后才被放行。

随着初时的靠近，空气中多了一层舒服的女人香水味。

任远情不自禁地多看了她几眼，明眸皓齿，肤若凝脂，宛若神祇。

"你今天真好看。"他不吝赞美道。

初时很受用，随性地说："就算是去'吵架'也要优雅从容啊。"

老袁办公室门紧闭着，初时有礼貌地敲了敲门，很快，里面传来一声"请进"。

初时抢在任远前面走进去，昂首挺胸，面带微笑。

"你好，袁老师。"

老袁觉得眼前一亮，站起身来，"你好，你是？"

"我是苏荷，是任远的家长。"

"哦哦，我想起来了，"老袁一脸恍然，然后皱眉疑惑道，"不过怎么是你来？"

趁着老袁对任远说话前，初时抢先开口："袁老师，是这样的，我一听您怀疑任远早恋，对象是我，我就火冒三丈，任远的爸妈也是如此，这样的怀疑真的是很伤感情的，所以他们把这样与您面谈的机会给了我，希望我能亲自来解释这个恶意的揣测。我呢，先做下自我介绍，我是任远妈妈的表妹，是任远的阿姨，现在在给任远做家教老师，我比任远大了十岁，当然我本人看上去还是很年轻，充满活力的。但是，您真的不可以因为任远和我联系您就随便地污蔑人啊。我们家任远现在一心向学，收情书也没想过男女感情的事情，每天都学习到十一二点才睡觉，就是为了将来考个好大学，他把手机带来学校，是因为偶尔要跟我联系下确认补课的时间与地址，这一切也是为了学习，我觉得袁老师您应该能够理解的吧。"初时未打腹稿，便说出这一长串话来，说得慷慨激昂、抑扬顿挫的，忍不住在心里为自己竖起了大拇指。

最重要的是，老袁好像听懂了。

"我昨天问任远你们什么关系，他说是朋友。这样的说辞再加上他手机里也有你的照片，当时的我很难保证不会想歪的。"老袁试图为自己辩解。

"我们本来就相处得跟朋友一样，任远在我面前一直都没大没小的。至于手机里的照片是当时我们一家人去厦门玩，任远的妹妹任佳佳替我拍的，她一直都在找时间画下这张照片。"

老袁仍然觉得有些牵强。

初时看出来了，趁热打铁，继续说："当然，我能理解任远向别人解释我是谁很扭捏。因为他不想让别人知道他请家教老师补课这件事，他觉得丢人。您也知道，男生爱面子，成绩好的哪个不是偷偷学习到深夜。袁老师，我们家任远绝对是个叫人放心的孩子。"

之后，老袁破天荒地笑了，这让一直静默在旁的任远觉得很惊悚。

"原来是这样啊。其实，我这次安排任远的家长面谈，最主要的是想更加全面地了解下任远，他学习成绩进步挺快的，我替他开心。早恋这件事，是我想错了，现在说开了，就好了。希望你不要介意。"

"我当然不会介意，莫须有的事情我们都不会当真的。"

"我把任远的手机给你，希望你能够帮忙监督任远以后不再触犯校规了。"

初时故作姿态地说："我会的，任远，还不快谢谢袁老师。"

任远面无表情地说："谢谢袁老师。"

"好好学习。"老袁回道。

初时在听到这句话的时候，整个人都放松开来。

也在心里为自己捏了把汗，但这样一个一个谎言编着，终究是把这件事圆了过去。

走出办公室，初时不忘认真提醒任远："说谎是不对的，今天只是情况特殊，我并不希望你以后成为谎话精，那样很没有格调。"

"我知道。"

说完，两个人同时忍俊不禁，开怀大笑起来。

任远眉飞色舞地说："不愧是以后要做律师的人，口才就是好，那种干练冷静范儿出来了。"

"谁说我将来要做律师的？"初时反问。

"呃……你读法律不是为了做律师吗？"

"你不知道吗？学法律的人毕业意味着失业，而且司考通过率很低，就算走运通过了，去律所没有人脉接不到案子，跟失业有什么两样，反正都是养不活自己。况且，我会读法律完全是因为当初被第一志愿刷下来的结果。"想起这件事，初时到现在都觉得惋惜。她心心念念地想考的是金融系，可是金融系却将她拒之门外，好在她填志愿的时候选择了服从调剂专业，不然连南大都上不了，以前不死心地还跑去打听了下金融系录取的最低分数，当得知自己只差了一分就与喜欢的专业失之交臂时都快要怄死了。

"啊？"任远有些愕然，"那你第一志愿是什么？"

"金融啊。"

任远有些担忧地问："那怎么办？"

"什么怎么办？"

"你的未来啊。"

初时被逗乐了，"你干吗那么紧张？"

"我这不是怕你以后养不活自己啊。"

"放心，我这辈子财运还是不错的。"

任远心里闷闷的，不能学自己感兴趣的专业，应该很郁闷吧。

初时送任远回班级，看着他入座才离开。

转身的时候，有种潸然泪下的冲动，不禁怀念起自己的高中生活，书桌上永远都堆满了书，每天有做不完的卷子，十点钟下晚自习回宿舍还得挑灯夜读，永远都觉得上学的时间过得比放假时间慢……唉，这些与现在的生活相比简直是苦不堪言了，可在那时每个人都早已成为只会学习的机器人，糊里糊涂地就熬了过来。

忍不住要钦佩下自己，真伟大啊！

不知为何，初时觉得人心真是善变的玩意。

当初那么拼命地想要逃离的生活，如今却又是那样羡慕。

其实，她真的很喜欢晚自习的生活，在寂静的黑夜里埋头奋笔疾书，为解答出难题而沾沾自喜，枯燥的生活中带着充实，也很有意义。任远他们不用上晚自习，还真是有些可惜。

她停下脚步，又回身望了望教室，眼里都是恋恋不舍。

讲台上的老师在黑板上写下公式，台下的学生认真地做着笔记，气氛紧张沉重，不愧是尖子班的学生，一个个的都很认真刻苦。

一张张青涩的脸孔，初时看着就很羡慕。

任远的侧脸，棱角分明，沐浴在秋日的阳光下，英气逼人的同时多了些柔美。想起夏天见到他的时候，他的脸色还是很苍白的，现在看起来比那个时候健康多了。

夏去秋来，一眨眼已经相识数月。

冬天，冬天就要来了。

南城是个四季分明的城市，但比起大多数人喜欢的春暖花开，初时格外喜欢的是它在12月时的大雪弥漫、银装素裹的世界。

她微低下头，神情落寞。任远转过脸就看到了，皱眉，不知道她在想什么。

身后有人传来张纸条，任远偷瞄了眼老师，小心接过。

"你姐姐真像电影明星。"

任远笑笑，将纸条揉成一团扔进了抽屉。

只几秒钟的时间，窗外已经没有她的身影。

但余香仍在，在尘埃中，在鼻尖，在心里。

脑海中，她的轮廓清晰无比。

Chapter 5

/ 青春易碎，越在乎越失去 /

　　年少的时候，我们挥霍时间与青春，没日没夜地读书、考试、奔前程，总以为这些就是最难的时候，希望时间可以过得再快一点，以为过去了就好了，未来有着无限美好与遐想。

　　可是后来，我们开始习惯性地怀念曾经的生活，才知道现在的快乐还不及曾经多。

初时坐上校门口的公交车，车厢里空空落落的，挑选了个最末的位子，刚坐下车子就缓缓而行，初时望着窗外转瞬即逝的风景发呆，手机突兀地震动起来，她心里一惊，心脏骤然一紧，呼吸变得急促起来。

脑袋里第一个想法便是，这个时间任远是不会打电话给她的，但不是他那又会是谁？

紧闭着眼睛，深深地吸了口气，从包里拿出手机。屏幕上闪着"天籁"两个字，她才终于缓了口气。

按了接听键。

"喂？天籁。"

"事情办完没？"

"完了。"

"林伟西请吃午饭，我们在会宾楼等你，你要来哦。"天籁的声音变得激昂。

"林伟西？为什么？"

"他今天过生日呗。"

"哦，我跟他不熟。"初时冷冷地指出。

"别这样啊，他特地点了你的名，让我一定要带上你的。苏荷，你就跟我去嘛。"

初时闷不作声，天籁继续劝着，最后，拗不过她，初时退让了一步："好，我知道了。"

挂了电话后，初时也无心看风景，苦恼着要送什么礼物。

林伟西和孙礼玩得要好，平日里从穿衣品味来看皆是大牌，家境殷实，在会宾楼吃顿饭不便宜，初时在心里掂量了下，决定去商场买款 Zippo 的打火机。

看中了几款，最后挑了贵族花的那款，拉丝纯铜的，雕刻着贵族花纹双色徽章，很是精美。刷卡后，让专柜小姐加了油，满意离开。

之所以一下子想到这个礼物，一是想着这个价格让她没有去白吃白喝的感觉，二是去年学校开运动会的时候，初时无意间看到了林伟西手臂上的打火机文身，便想这个礼物送出去，林伟西应该会满意吧。

到达会宾楼，刚进大厅就看到天籁悠闲地倚靠着真皮沙发。

"这边，这边。"天籁招招手。

初时小跑着过去，"我没迟到吧？"

"没有，刚刚好，他们都在包厢里，我带你过去。"

"好。"

去的是彩云间。

推开包间门，最先入目的是头顶上长长的一排水晶吊灯，恢宏奢华，下面是一张能容纳 20 人的圆桌，不过如今偌大的空间只坐着两位男士正在谈笑，餐桌后是红色的落地雕花屏风，旁边是灰色布艺沙发以及一盏明晃晃的落地灯，沙发后的白色墙壁上挂着一幅巨大的山水画。初时还在打量着，林伟西已经迎了上来。

"能请到咱们班的美女真是不容易，多亏了天籁同学啊。"

"哪里哪里？客气客气。"天籁故作谦虚道，眼睛偷偷瞥了另一位男士。

初时微笑着，从包里拿出一个深蓝色包装精美的盒子，递过去："送你的，林同学，祝你生日快乐！"

林伟西怔了怔，受宠若惊地接过。

天籁有些不好意思地说："苏荷，真对不起，我没想到你会买礼物。"

"怎么了？"初时疑惑。

林伟西咳嗽了声，尴尬坦白道："其实今天不是我生日，我就是想请客吃饭，你性子冷淡，也不太合群，怕你不会来，所以才让天籁帮帮忙找个理由让你来的，真是让你破费了。"

初时笑笑，不介意地说："哦，没关系啊，就当提前祝你生日快乐了。"其实她也不是真心要祝他生日快乐，毕竟是不太熟悉的关系，她能来这里也只是看在天籁的关系上，送礼物也只是为了让这顿饭吃得理直气壮些。

只是不知道从什么时候开始，天籁会和林伟西关系这么熟稔了。

在场的另一名染着一头金发的男子凑了过来，催促道："快拆开，看看美女送你什么礼物？"

林伟西忍着内心澎湃，依言打开了盒子，小心翼翼地从中取出了那款精致的打火机，眼神中有些许诧异，随后散去。拇指与食指捏住机盖，随意地绕了个弧度弹开机盖，无名指拨动齿轮打开火，黄色的火焰窜出来，然后用力晃动下令机盖合上熄火，整个动作娴熟流畅，很优雅漂亮。

从林伟西的神情来看，初时猜测他是喜欢这款打火机的，心里放心了。

"你怎么知道小西有收集打火机的习惯？"林伟西的朋友好奇地问。

"我随便送的。"初时并不想多说。

"谢谢你，我会好好珍藏的。"

林伟西说得郑重，倒令初时觉得不好意思了："不过就是一个小玩意，你随便用用就好。"

"这姑娘真有意思。"林伟西的朋友双眸含笑地盯着初时看。

初时回望他，仔细记下了他的容貌，一头张扬的金色短发，一张脸轮廓分明，虽然不至于令人惊艳，但还算有特色，狭长的眼睛，眼角微翘，有些邪气，薄薄的唇透着一丝性感，肤色是健康的小麦色，这怎么看都是天籁喜欢的那一款，突然有些明白今天是个什么样子的场合了，敢情这是林伟西在为天籁介绍对象，天籁怕一个人来紧张才拉着她的，初时有些忍俊不禁。眼前的这个男人身材颀长，穿得很单薄，很瘦，朋克风格，此刻他的脸上挂着放荡不羁的笑容，立在那里有很强大的存在感。初时暗自猜测这人应该是社会人士，且属于年轻有为的那种，或许还喜欢玩摇滚。于是，面上客气地说："多谢夸赞。"

"小西，不给我们做下介绍吗？"

林伟西这才想起来，指着他的朋友对初时她们说："哦哦，这位是我从小到大最好的朋友，秦颂。"

"秦颂，这是我的两位同学，这位是杨天籁，这位是苏荷。"

初时明显看到了秦颂身躯一震，大惊失色。

"苏荷。"他轻轻地回味着这个名字，饶舌间别有韵味，"苏州？荷花？"

"怎么了？有什么不对吗？"初时问。

他惨淡地笑了："没什么，你和我的一个朋友同名同姓。"

初时不自然地移了移视线，漫不经心地说："好巧。"

"是啊。"

杨天籁眼中柔情似水，靠近秦颂："你好，很高兴认识你。"

"你好。"语气明显淡了许多。

天籁心里有些复杂,这是林伟西为自己和秦颂制造机会认识而特地设的宴,到这个时间,显然事情的发展已经不在自己的预想之中,秦颂对苏荷更感兴趣的样子,她有些失落,很后悔听从林伟西的话让苏荷跟来了。

"别都站着了,入座吧。"林伟西提议。

秦颂的视线依旧锁定在初时身上,林伟西暗自用手肘撞了撞他,低声提醒:"拜托,兄弟,给我个面子。"

秦颂蹙眉,无奈:"知道了。"

杨天籁被安排坐在秦颂身边,林伟西和初时坐在一起,无意中,初时和秦颂两人的位子很对称,只要一抬眼就能看清楚彼此的动作。

初时隐隐地觉得很不安,随即又觉得自己小题大做了,只是因为秦颂也认识一个叫苏荷的女孩,她就变得这样草木皆兵,可真胆怯。

服务员陆续上菜,一桌子菜,四个人吃,很浪费。

林伟西对杨天籁说:"秦颂前段时间刚从深圳回来,现在在他爸的公司上班,比较有个性,有些痞气,不过喜欢他的女人很多。他很会疼人,还能做得一手好菜,可是考了厨师证的。"

秦颂笑着插嘴:"还是我自己来说吧,这样比较真实。我呢,生来叛逆,爱玩,不该沾的我都沾了点,如今快三十了,想找个能不介意我继续玩乐的女人过日子,传宗接代。这个女人不能脾气太大,因为我脾气也不好,会吵架。"

"这个玩乐能有个范畴么?"天籁问。

"没有。"

林伟西有些汗颜,心想这哥们来之前可不是这么跟他说的,他可保证过这次要好好表现的,怎么一到关键时刻就原形毕露了?

杨天籁气得直接离席了，秦颂没诚意，她还不稀罕呢。

"天籁，别生气啊。"初时追了出去，奈何自己半路被林伟西拦截住了。

"苏荷，能不能给我点时间，我有话要对你说。"

"可是，天籁她……"初时着急地说。

"放心好了，她都这么大的人了不会有事的，倒是我要跟你说的事情是真的很重要。"林伟西一脸诚恳。

"好吧。你想说什么？"

林伟西咬咬牙意志坚定地说："我喜欢你。"

"什么？"天籁本能地喊出声。

"我想告诉你，你惊艳了我的时光。我说我喜欢你，我对你一见钟情。"

"你惊艳了我的时光"，这句话真酸，真矫情。还一见钟情呢，大一期间数不清交往过多少女朋友了，彻底花心大少还好意思谈一见钟情。初时在心里鄙视着。

片刻后，初时才轻轻松松地回了声："哦。"

"就这样？你没其他想法吗？"林伟西觉得无法接受。

初时摇摇头，声音清冷地回："没有。"

"苏荷，你太冷淡了吧。你难道就不感到高兴吗？"

"不会。"初时依旧是淡定的模样。

林伟西有些着急了，"你可不可以喜欢我？"

令初时觉得不可思议的是，他说这话的时候语气中眼神里分明带着祈求的意味，几乎是不假思索地问："为什么？"

他一眼便看穿了她的心思，补全了她心中的疑虑："我为什么要这么卑微？"

初时讷讷地点头，就是这个意思。他该是高高在上的，卑微不适合他。

林伟西自嘲地笑了笑："不是卑微，是卑鄙，尽管知道你是孙礼的女朋友，可是我还是喜欢你，希望你能和我在一起。"

看来孙礼连林伟西这个好朋友也瞒着了。初时在心里无声地说。

"我并不值得。"初时扪心自问，"你这么优秀，应该找个配得上你的女孩，而我太普通了。"

"不，不，不要妄自菲薄，你一点都不普通。你想知道为什么孙礼会喜欢你吗？"

初时皱了皱眉，话题突然扯到孙礼身上，她有些不适应，但这个问题真的很诱惑人，表情中自然而然地多了几许期待。

林伟西自顾说道："大一开学的班会上，班主任让每个人上讲台做自我介绍，咱们班女生质量还是很优秀的，各有千秋，她们或多或少地都表现出了好相处，微笑、礼貌、客套，但你没有，你冰着一张脸，拽拽地说，'我叫苏荷，苏州的苏，荷花的荷，爱学习，不爱说话，其他的没什么好说的。'散会后，回宿舍的路上男生都在讨论班上女生谁最好看，大家各执己见。一直沉默的孙礼突然说我觉得苏荷挺有意思的。我第一次见到孙礼对一个女生那么感兴趣。

"后来，每次上课的时候，他都会习惯性地关注你，看你坐在什么位子，今天穿的什么衣服，说话了没，笑了没。那个时候，他只是对你有好感。真正喜欢你是因为他看到了你对学校修车师傅的妈妈许阿婆特别好，那个老得头发苍白满脸褶皱的许阿婆，她老得可怕，谁见了都要避开，可是你会随手将自己特地去买的水果或是面包送给许阿婆吃，你会笑着说你吃不掉这么多；偶尔你会与她坐在那简陋的修车铺前说话，你们像亲人一样相处着，你还会帮许阿婆教训那些对她说话傲慢的男女。那个时候，我们都发现，你哪里是不爱说话，你还很啰唆，你总是故作疏远冷漠，可你根本就做不来那样的人。

"孙礼说你是他见过最温暖最善良的女孩了，所以他特别想靠近你。于是，他拜托林允帮他，他最后成功了。但他不知道哪根筋不对突然跑去支教了，临走的时候还让我帮忙照顾你，别让人欺负你。可是，后来，每天关注你也成了我的习惯。我看着你，觉得你是我们班最漂亮的女孩，外在内在你都有，见不到你的时候我会忍不住地想你，见到你的时候希望你对着我绽放笑容，希望你能像我注视你那样注视我，可你一次都没有。我苦恼了许久，终于不得不面对对你感情的变质。你是孙礼的女友，孙礼是我的好哥们，我们是多年的交情，可我又能怎么办呢？我的心就是不受控制啊。所以，我才想要拜托你，祈求你也喜欢我。"

初时鼓起勇气说："或许我该告诉你，我和孙礼不是男女朋友的关系，他只是为了让我避开林允的欺负。你们说我温暖善良，我不否认，但我也是个心思复杂的人，这样的我不会去谈恋爱，因为我怕会累到自己。所以，别白费劲了，好女孩多了去了，而我并不是，你们不了解我。"说到这儿，初时不禁苦笑，"连我自己都不了解我自己，就更不会指望别人了。"

"你怎么会如此悲观？"

"这才是本来的我，悲观阴郁。听好了哦，不要告诉别人，我不轻易外露的。"因为她习惯了故作坚强，习惯了假装微笑。

初时笑得狡黠，"今天的事我会都忘掉的，所以你不用对我感到尴尬。"

"可是我忘不掉。"

"那就努力吧。"

青春易碎，越在乎越失去

林伟西看着初时从他面前一步一步昂首离开，心里难受得紧，表情越来越痛苦。

突然，有只手用力搭在了他的肩膀上。

林伟西侧过头看去，秦颂表情晦涩地也盯着初时的背影。

"青春易碎，越在乎越失去。习惯了，就好了。"说完，秦颂的嘴角逐渐绽放一个弧度，露出洁白的牙齿。

"爱了却得不到，我不甘心。"

秦颂有些恍神："我理解你的感受，但是你至少比我幸福啊，你所爱的人并没躲你躲得让你满世界都找不到。"

"你？"

"没什么，都过去了。"他说得轻描淡写，可是心里却有个声音越来越清晰地在反驳自己。

——真的都过去了吗？

"那个叫杨天籁的女孩不适合我，我喜欢非常懂事的女孩，不喜欢太自尊的女孩。"

"你真是个怪人。"

"你难道不是？"秦颂玩味地笑了，"其实你就是欠虐。不要告诉我，如果你今天真的挖到孙礼的墙角，你真的会跟那姑娘在一起，牺牲你们的兄弟情谊。"

林伟西被说中心思也不恼，落落大方地承认道："是啊，她如果那么轻易地甩掉孙礼了，那么我也会毫不留情地把她从心里擦去，不留下任何痕迹，不再眷恋。我喜欢深情的女孩，即便那女孩的深情暂时不在我身上。不过，这些都是在来这里之前的想法，我现在知道了，原来她不是孙礼的女朋友。孙礼骗了我们所有人。"

"那你接下来打算怎么办？"

"追啊，各凭本事。忘记说了，我不喜欢太容易追求到的女孩。太轻易了，这样我不会懂得珍惜。"

初时在会宾楼门口看到了杨天籁，她望着初时嘴角上扬，连眼眸中都染上了笑意。

初时走过去，试图安慰她，没想到被她抢先开口了。

"你能出来，我很开心。"天籁激动地说。

初时张了张嘴，又合上。

"本来看着秦颂对你比较感兴趣，我还很生气的，我跑出来后决定在这里等等，看你会不会追出来，如果你追出来了，我们就继续做朋友，如果没有，那我们就玩完了，我真开心，你选择了我。所以我不生气了，因为你是那么的优秀，选择你都是应该的。"

女人之间的友谊往往便是这样充满戏剧性，因为女人永远都是忸怩作态、小心眼作祟，如果哪一次不小心眼了那就是性格粗犷的女汉子了。但女人也总是嘴硬，其实她们的内心很柔软。

初时想如果她真的没有追出来，天籁也不见得会和自己绝交。

"你心里很难过？你真的很在乎那个秦颂？"初时问。

"只是凑巧他是我喜欢的类型，凑巧我现在太孤单了，想要有一个肩膀依靠，想要一份温暖捂热太过冰冷的心。真的好可惜，我那么中意他，他却一点诚意都没有。"

初时抱了抱天籁："有时候我们都要习惯对自己说再等等，再等等，我们一定会如愿以偿的。"

"我明白了。"

初时满意地松开她，笑着说："你不是想要份温暖吗？我先送你，跟我走。"也不等天籁的动作，直接拉着她跑向了附近的公交站台。

二十分钟后，她们出现在一家咖啡店前。

"心冷的时候我习惯喝一杯苦中带甜的咖啡，看着窗外川流不息的人群，咖啡馆放着令人心静的音乐，心跟着咖啡一起慢慢变暖。即便是一个人，也很满足。"

"那我们进去吧。"天籁跃跃欲试。

初时在吧台点了大杯的焦糖玛奇朵，付钱后让天籁在这边等咖啡，然后她跑出咖啡店，穿过人行道，跑向了对面的书城。

不多会儿，初时就出来了，手里拿着个纸袋子。

这时候咖啡也好了，她们找了个角落的位子，初时从包里拿出两本书，对天籁说："我知道你平日里不爱看这些虚构的爱情小说，也不怎么看电视剧，但我想告诉你，正是因为是虚构的爱情才能感人泪下，温暖人心，会在潜移默化中影响着我们的爱情观，不够疼你、不够优秀的男人我们不需要。"

天籁抿了口咖啡，故作不满地说："你是在变相地批评我的品位吧！"

"被你看出来了啊？"初时惊喜。

天籁叹息，赌气道："那我就睁眼说瞎话一次吧，秦颂不好。"

"对。"初时满意地笑了。

只是初时哪里会想到，后来这个不好的秦颂会那么频繁地出现在自己的生活中，聪明地拿捏着尺寸，令她无法拒绝他的接近。

事实证明，老袁不是省油的灯。

几天后，任爸爸无意间问起家长会的事情，任远就知道老袁已经给他爸打过电话确认真假了，不过他猜测老袁顶多说他午休玩手机的事，不会说怀疑他早恋的事，老袁不傻。至于任爸爸，他一向是要面子护短的人，也不会真的拆穿苏荷不是他们家亲戚的事。

"开家长会怎么让苏荷去了？"任爸爸问。

任远回得理直气壮："我问过你了啊，你那天很忙，而且我们家一向是你管我，我妈管任佳佳，正好苏荷有空，就让她去了。反正违反校规也不是什么光荣的事情，我就不让你跟我去丢人了。"

"哦。"

这事算是敷衍过去了。之后，任远将这件事说给初时听，初时只点点头，回了句：果然姜还是老的辣。

月底的时候，任远终于得到了他心心念念的自行车。特地挑了个周六的时间在小区里学骑车，初时做指导。毕竟是男孩子，练习了几次就能骑了，虽骑得不稳，但已是很大的进步。

任佳佳站在初时身边一脸羡慕地说："这车的装备真酷。"

"酷是酷，可真的是在烧钱啊。"初时无限感慨。

任远最近加入了一个骑行旅游的贴吧，贴吧里一名大二的学生在分享着他的骑行之旅，从云南到西藏，旅途中风光之美，令人艳羡。任远觉得很有意思，还问初时等他上大学了，要不要加入他骑行进藏的队伍，初时觉得自己那时候应该还会留在南城也就暂时答应了。所以对于学骑车这件事，任远变得更加积极了，为了他自认为很伟大的梦想。

"苏荷姐，妈妈昨天说我们今年要去澳大利亚过年，我们在那里有新家了，就在黄金海岸那边，我很期待呢。"任佳佳的脸上是掩盖不住的喜悦。

"是吗？那先祝你玩好吃好了。"

"放心，我和我哥会给你带礼物的。"

"我先期待着。"初时笑说。

没过多久，任远将车停在初时身旁，脱下头盔和手套，满头大汗："今天不练了，我全身都湿透了。"

"那回家洗个澡，然后你就写作业吧。"初时笑着说。

三个人回到任家后，任佳佳难得没在任妈妈的催促下主动去练琴了，任远径自走向了卫生间，初时看着任佳佳端坐的侧影，灵机一动，讨好地笑了："佳佳，帮姐姐一个忙好不好？"

琴声停止，任佳佳转过头高兴积极地问："什么忙？"

初时这学期领了一个文娱委员的闲职，想为期末排名多加点分以继续保持班级第一的名次，文娱委员以往都是没什么事情要做的，到她手里就变成一个烫手的山芋了，近期法学院有个班级大合唱比赛，要选歌要安排时间安排教室排练，还要照顾班上五音不全有反感情绪的同学，最关键的是法学院迎新晚会和元旦晚会合并成一个晚会在12月底举办；每个班都要出几个节目，这事自然而然地落在初时的肩上，真是屋漏偏逢连夜雨。

"我们院12月底有个晚会，到时候你帮姐姐去弹首钢琴曲，好不好？"

"好啊。"

"弹你最拿手的曲子啊。"

"那是必须的。"

任佳佳弹奏了几首曲子，初时偏爱钢琴王子理查德·克莱德曼的经典之作《星空》，便与任佳佳定下了这首曲子用来表演。

任远吹干头发跑过来，一如既往地嘲笑着任佳佳，对初时说："就她那水平还上台表演，你就不怕她丢了人。我还记得以前她去参加比赛，弹错了就直接在台上哭了，就是号啕大哭的那种，当时我和我妈恨不得找个地洞钻进去。"

任佳佳不服气道："哥，你别小瞧我，我会让你刮目相看的。"

"那我就拭目以待。"

眼见任佳佳气得眼睛都红了，初时连忙安慰："佳佳，别理会你哥的话，他说着玩的。晚会结束后，姐姐请你吃饭。"

"苏荷姐，给他留张票，我要让他看看我在舞台上有多成功。"任佳佳赌气道，然后甩开初时的手，积极练琴去了。

初时瞪了任远一眼，小声嘀咕："你干吗总是气她？"

"就是要激她，她才会全力以赴啊。"任远洋洋得意道。

"你呢？你有什么才艺？"

"没有，"任远说得理直气壮，"我不爱学这些。"

"那任佳佳比你强太多了。"初时挑眉道。

钢琴声戛然而止，任佳佳呵呵笑说："苏荷姐最棒。"

周一，初时再次跟班上同学确认表演的事情，然后发短信给学生会文艺部部长。班级同学对此类活动兴致不高，好在有两位深藏不露、为人低调的女生，过了古筝八级，也愿意为这次晚会出力，她俩自己定了合奏曲子《将军令》，通过排练，初时认为还算配合默契。加上自己的独唱以及任佳佳的钢琴独奏，也有三个节目了，勉勉强强地完成了学生会交代的任务。

进入十二月后，南城一连几日都是雾霾天气，全市中小学、幼儿园停课放假，任佳佳每天都在家练琴也不去美术老师家学画了，这种废寝忘食的精神曾一度令任远感到诧异。后来冷空气过境带走了雾霾，空气质量有了好转，学校再度开始上课，而那个时候，任佳佳已经能够闭着眼睛弹奏完整的《星空》了。

临近月底的时候，南城终于迎来了蓝天。

晚会举办的前几个小时，初时带着任佳佳来到了凤凰音乐厅做最后的彩排，然后便是化妆做造型，光是音乐厅的使用费便足以显示学生会实践部拉赞助的能力，再加上特地租来的汉服、晚礼服等，初时只觉叹为观止了。

任佳佳的钢琴表演曲《星空》被定为开幕曲，《星空》的引子犹如浩瀚的宇宙的声音，引子结束后帷幕随即展开，白色的三角钢琴前，少女纤纤玉指在黑白相间的琴键上跳跃着，表情陶醉迷人，深邃的蓝色灯光照耀在她白色的裙子上，如梦如幻。

一曲结束后，四位主持人从舞台两侧登场走到舞台正中间，帷幕缓缓闭上，工作人员推走钢琴，任佳佳匆匆跑到休息室，张望四周，并未发现初时的身影，她急去卫生间。这时，有个男生走进休息室，任佳佳如遇救星上前靠近他高大俊秀的背影，拉住那个男生的手臂，面露难色地开口："哥哥，请问厕所在哪里啊？"

林伟西愣了愣，甜腻的声音在身后响起，心想这哪来的妹子，开口就叫他哥哥，显得很是轻浮。

他转过身去看向她，如此萝莉的样子，看样子年纪挺小的，认下了那声"哥哥"，有礼地回："我带你去吧，在楼上，比较难找。"

任佳佳面带感激的神色，道："谢谢！"

并肩而走的时候，任佳佳暗自偷瞄了一眼身边的男生，在心里感慨着他的侧脸真好看，不由自主地心花怒放起来。

林伟西指了指厕所的位置，任佳佳就急急奔去了。

从厕所出来后，任佳佳并未再见到那个男生，走在空荡荡的走廊上，手机铃声突然响起，看着一闪一闪的屏幕，她笑着接起："喂？苏荷姐。"

"你去哪里了？"初时的声音听上去很着急。

"我在二楼，马上下去。"

片刻后，林伟西端着冒着热气的投币咖啡再次回到原地，却发现她已经离开了，只听见楼梯口传来下楼的声音。他不无遗憾地盯着手中的两杯咖啡，摇摇头："没口福。"本是看她瑟瑟发抖的样子，想给她取暖的。难得大发善心，却没落个好结局，一连喝下两杯咖啡后，胃就隐隐作痛了。

初时看到任佳佳后，连忙跑过去将手中的外套给她穿上："出去都不穿衣服，你要是感冒了，那我的罪过可就大了。"

任佳佳任由初时给她套上羽绒服，拉上拉链，顺带围好围巾。

她笑眯着眼睛对初时说："苏荷姐，你对我真好，像我亲姐姐一样。"

听到任佳佳突如其来的赞美，初时有些不好意思地问："我真有那么好？"

"是啊。"任佳佳猛地点头。

"大概我只对比我小的人好吧，我的人缘其实不好，我对人很冷漠的。"初时认真检讨自己，有些不自然地转移话题，"你刚才去哪里了？"

"去上厕所了。"任佳佳如实回答，然后想起了那个帮她的男生，"苏荷姐，大学里是不是有很多很多帅哥啊？"

"算是吧。"

"我也觉得，我刚刚遇到一个很帅的人，还很有爱心，搞得我都想快点长大了。"任佳佳情绪激昂地说。

"春心荡漾了？"初时笑得暧昧。

"没。"任佳佳红了脸，脸上瞬时火辣辣的。

初时突然想起了什么，问："你和你暗恋的那个男生怎么样了？"

任佳佳有些失落地低下头："我不喜欢他了。"

"为什么？"初时不解。

"因为他虽然长得帅，但是成绩太差了，"任佳佳一脸嫌弃地说，"我爸妈以后肯定不会同意我们在一起的。"

初时脸上的笑容不禁扩大："你也太现实了。"真是小孩子的思维方式。

黄昏渐渐来临，晚霞染红了大半片天空。

冷风瑟瑟，任远拎着外卖等在凤凰音乐厅外，初时和任佳佳牵手跑了出来，此刻已饿得泪眼汪汪，两人不由自主地对任远感激涕零着，初时带着他们到对面的美术楼，因为那边一楼有供休息的桌椅。走到桌子前，任远将外卖一一摆在桌上。

有丸来玩趣的烤牛肉丸和年糕，还有甜品，以及大口九的奶茶，都还是热的。

初时推算时间，狐疑地问："你提前下课了？"

"最后一节课是活动课，我就先溜了。怎么样？我对你们够意思吧？"任远得瑟道。

"完了完了，被你爸妈知道，我就惨了。"初时故作凄惨地说。

任佳佳竖起大拇指："厉害！感动。"然后大义凛然地拍拍胸脯说："哥，就冲着这些，我原谅你之前对我所有的鄙视。"

"那我就谢谢你了。"任远笑着回。

三个人分享着美食，不一会儿，浑身都暖和起来了。

"苏荷，你待会儿要上台唱什么歌啊？"任远颇感兴趣地问。

"Heartbeats。"

"《心跳》。那是什么歌？"

"一个瑞典流行乐手唱的，她的声音很动听婉转，我比较喜欢这首歌的歌词。到时候你可以听听。"

"好。"任远在心里默默记下。

解决掉最后一个丸子，初时兴奋地宣布："我和任佳佳以及我两个同学的表演都很靠前，所以到时候我们可以提前走，然后去我家吃火锅，有很多很多肉哦！我昨晚加了些中药材炖了锅鸡汤做底汤正好。算是为这段时间的辛苦画上一个完美的句号。"

任佳佳拍手叫好："苏荷姐，你真的是太贤惠了。"

"小丫头片子，嘴甜死人不偿命啊。"初时心里十分受用，轻轻地捏了捏任佳佳的脸，笑说。

晚七点的时候，法学院的迎新加元旦晚会正式开始。

任远就坐在音乐厅第二排的位子，视野极好，周边一片热闹。他调好摄像机后，灯光渐渐暗淡下去，舞台红色帷幕后缓缓传来幽远的似宇宙的声音，然后他就看到了妹妹，那么耀眼自信地在弹钢琴，他的嘴角不自觉地微微上扬，内心充满了骄傲。

后来记不清楚是第几个节目，他看到初时在上一个节目残留下来的掌声中走上舞台，她穿一袭抹胸的白色及膝裙，腰间系着绿色绸带，打一个蝴蝶结，摇曳身姿，随后伴奏声起，初时举起麦克风走向舞台中央，面对台下嫣然一笑，顶上的灯光跟着她，照亮她。

她开始吟唱：

I can't figure out 我搞不清楚

Is it meant to be this way 这是否意味着只能如此

Easy words so hard to say 简单的话语却难以说出口

I can't live without 我不能生存

青春易碎，越在乎越失去

Knowing how you feel 如果无法触摸到你的感觉

Know if this is real 如果无法得知这是否真实

Tell me am I mistaken 告诉我是我错了吗

Cause I don't have another heart for breaking 因为我已经没有另一颗心为你破碎

Please don't let me go 请别让我离开

I just wanna stay 我只愿为你停留

Can't you feel my heartbeats 难道你没有听到我的心跳

Giving me away 出卖了我

I just wanna know 我只是想知道

If you too feel afraid 你是否也感到担心

I can feel your heartbeats 我可以听见你的心跳

Giving you away 出卖了你

Giving us away 出卖了我们

I can't understand 我无法理解

How it's making sense that we put up such defense 我们建立那么多的防御有什么意义

When all you need to know 你需要知道一切

No matter what you do 无论你做什么

I'm just as scared as you 我和你同样恐惧

Tell me am I mistaken 告诉我是我错了吗

Cause I don't have another heart for breaking 我已经没有另一颗心为你破碎

Please don't let me go 请别让我离开

I just wanna stay 我只愿为你停留

Can't you feel my heartbeats 难道你没有听到我的心跳

Giving me away 出卖了我

I just wanna know 我想知道

If you too feel afraid 你是否也感到担心

I can feel your heartbeats 我能听见你的心跳

Giving you away 出卖了你

Giving us away 出卖了我们

Please don't let me go 请别让我离开

I just wanna stay 我只愿为你停留

Can't you feel my heartbeats 难道你没有听到我的心跳

Giving me away 出卖了我

I just want to know 我想知道

If you too feel afraid 你是否也感到担心

I can feel your heartbeats 我能听见你的心跳

Giving you away 出卖了你

Giving us away 出卖了我们

任远一字一句地认真听着，眼神灼热地不放过初时的每一个表情

青春易碎，越在乎越失去

变化，他看到她的眼眸里的柔情似水，她的声线细腻空灵，落落大方，没有一丝扭捏，从头至尾都很轻松享受，旋律停止后令人觉得意犹未尽。

在热烈的掌声中，初时鞠躬道谢离开。

有男生在吹口哨，大喊着"再来一首"。尽管知道这个要求是没办法得到满足的，但是周围的同学也都异口同声呼吁着。主持人微笑着和底下的同学互动了会儿才转移了话题。

初时提着裙摆走进换衣室，换下礼服交给负责的同学后，在休息室找到了一直在等着她的任佳佳。

初时对任佳佳说："走吧，看完另外两位姐姐表演的古筝合奏后，我们就可以回家了。"

任佳佳手握着手机在发呆，被初时突然发出的声音吓到。

初时问："怎么了？"

"没，没怎么。"脑海中那个模糊的影子一闪而过，心里有个声音在说：好不切实际。她努力地回归现实。

"你在想什么呢？"此时，初时感觉到手机在口袋里震动，她拿出手机，翻看了短信。

"赞赞赞！做我女人吧！"下面附有她方才在舞台上表演时的照片，发件人：林伟西。

初时觉得无语，这些天来，除了上课的时间，她和林伟西一次也没单独见过面，倒不是她有意避之，只是他们本来就没什么交集。但林伟西时常会给她发来短信，告诉她他所在的地方，问她要不要过去玩；有时候他会汇报自己做了什么，就像在自言自语一样，很是唠叨。通常她都是不加理会的，但是"骚扰"次数多了也会厌倦，搞得她多次产生换掉手机号码的念头。本来以为这般冷漠的态度，林伟西也该放弃了。她没有像往常那样删掉他的短信，而是选择了回复："不可能。"

观众席的某个角落，林伟西发出一阵哀呼，虽然被淹没在周边吵闹的尖叫声里。手故意捂着心口，表情受伤地对着身边的秦颂说："我的心被人扎出了个血窟窿。"

在秦颂露出狐疑的神色后，将手机递给秦颂看。

秦颂看完短信后，幸灾乐祸道："林公子追女人也会有失意的时候啊。"

林伟西长长地叹了口气："我放弃了，放弃了。她不是我可以消受得起的，就让她继续折磨孙礼那小子吧。"

"知道就好，幸好你还没有完全泥足深陷，还能及时回头。"秦颂一直都觉得那个女孩很聪慧机智，心里不通透，看不真切，不似一般的女孩。

因之前林伟西无意透露苏荷的近期动向，秦颂便颇有兴致地扬言他也要来一起看看热闹，林伟西乐得有人陪，就问班长多要了一张票。

"老实说，哥，你该不会也喜欢苏荷吧？"林伟西试探性地问，心里其实已然有了些答案，就算不是喜欢也是感兴趣的。按理说，这场晚会里，秦颂独独认识的也不过就一个苏荷。

"瞎说什么呢！"秦颂一反常态，表情不悦。

林伟西讪讪闭嘴，忙赔笑，转移话题："下午，我在后台休息室发现了一个小姑娘，她喊我哥哥，问我厕所在哪里，实在是太可爱了，我就带她去了，看她很冷，想买杯热饮给她喝的，没想到人就走了，知道她肯定是今晚表演节目的女孩，没想到开幕就是她，弹钢琴的样子还挺迷人的。"

秦颂本就对开幕的女孩没有多放在心上，所以已经记不清楚样貌了，但还是饶有趣味地调侃着林伟西的如狼似虎。

"难怪开幕一结束后，你就兴冲冲地离开座位，原来是跑后台去了。"

"我去问问她手机号码，这孩子真乖巧，可不能错过了。我想为了我的幸福考虑，要放弃苏荷，转移目标了。"他说这话，半真半假的。

秦颂无比唾弃道："你个禽兽！真是只要长得好看点的你都不放过。"

"哪天我男女通吃了，我再来担你这个禽兽的骂名。"林伟西开起了玩笑。

秦颂也跟着笑了。

"唉……要不是因为想着看苏荷的表演，我也不会急急忙忙地离开后台休息室，跟那女孩多侃一会儿，增进增进感情多美好。"林伟西惋惜着。

两人不再对话，舞台上灯光换成暖色调，两名穿着汉服的女孩子各自捧着古筝走到舞台中央，原先喧闹的观众席一下子安静下来。

林伟西的眼神空洞，尽管表面上已是毫无在乎、风轻云淡，可是心还是像被揪住一样，刺痛着，只觉得可惜无奈。

我不再爱你，只是因为我找到了我认为更好的。他不得不这样安慰自己。

苏荷不是最好的，仿佛这样说，心中就能得到释怀了。

一曲《将军令》，节奏有急有缓，将舞台氛围渲染得紧张起来，偌大的舞台就如同是古时的战场，鼓声鸣鸣，战争在即，战士们英姿勃发，蓄势待发，将军沙场点兵，威风凛凛。听着古筝曲，眼前似乎就有了那样的画面，活灵活现，磅礴大气，犹如身临其境，耳畔似有那保卫山河的壮士的嘶吼声。

古筝合奏结束后，留给台下观众心中不少震撼。

初时满意地拉着任佳佳起身，弯腰离开座位，往音乐厅出口走，身后任远亦步亦趋地跟着。在音乐厅的大堂等了会儿，初时那两位弹古筝的女同学换好衣服跑了过来。

"走吧。"初时给自己围好了围巾才推开玻璃大门迎接冷冽刺骨的寒风。

一行五人走在放眼望去寥寥几人的随园路上，两旁枯树枝桠在寒风中晃动着，在路灯的照耀下，留下一地的斑驳树影。

冬日的校园，万籁俱寂。视线穿过半高的建筑楼，到远方。黑夜像浓稠的墨，布满如钻石般闪亮的星子。

霓虹发出流光溢彩的光芒，夜是旖旎美妙的。

初时微低着头，红色的围巾遮住了大半个脸，脚步略微匆匆。

一转身便看到任远冻得红红的，瑟缩着脑袋。

初时停下步子，从包里翻了会儿，找到备用的白色口罩，撕掉包装纸，笑嘻嘻地走到任远面前，要给他戴上。

任远躲避着，嘴里不满道："好丑！"

初时无所谓地说："这大半夜的谁还关心你长得好不好看。"

"哥，你就别逞强了，快要期末考试了，别冻感冒了。"任佳佳一旁帮腔。

任远无奈，只能任由初时给他戴上暖和的口罩。

"苏荷，这小伙子长得可真帅气。跟你是什么关系啊？"同学A饶有兴趣地问。

初时想起以前任远对她称他是弟弟，很是不满，遂挑衅地望了眼任远，热情地向她两位同学介绍道："来来来，介绍下，我弟弟任远。"

她故意加重了弟弟这个字眼的音量，然后拉着任佳佳到身旁，"这是我妹妹任佳佳。"

"都很优秀。"同学B不吝赞美道。

到达玫瑰园初时的家中，墙上壁钟已显示时间八点半了。

慧慧和颜颜坐在沙发上看电视，看到初时，两眼冒金星。

"大姐，你总算是回来了，我们为了等你的这顿火锅，饿疯了。"颜颜有气无力地说。

饭桌上电磁炉已经备好，锅里是放了点中药材的鸡汤，鸡汤白得跟牛奶一样。长长的桌子，十个人的位子，整齐地摆满了火锅材料，肥牛羊肉、海鲜、豆制品以及蔬菜，应有尽有，处理得一丝不苟，跟火锅店的专业程度有得一拼了。

初时对慧慧和颜颜感激道："辛苦你们了，亲爱的。"

"别客套了，快开动吧。"慧慧笑着说，一副跃跃欲试的样子。

颜颜走进厨房拿了碗筷出来，开了瓶老干妈。

初时问她的两个同学："要喝酒吗？"

"喝吗？"她们有些拿不定主意。

颜颜豪迈地说："当然要喝，大家一起喝。"

初时补充："除了任远和任佳佳。"

提到任远，慧慧似乎想到了什么，目光对准任远："任远，你下次见到我能不能跟我打个招呼叫声姐姐啊？"

任远不好意思地挠挠头："一定要这样吗？我们又不是不认识，我心里知道你是姐姐就行了啊。"

初时抢在慧慧前面开口："当然要这样。'Hi'总会说吧，记着啊，下次见到熟人起码嘴巴里要蹦出个'Hi'出来，就算是敷衍也好，不要显得那么高贵冷艳嘛，王子要谦逊有礼貌才行。你看任佳佳进门见到她们就喊姐姐了，多讨人喜。"

任佳佳插嘴："苏荷姐，你刚刚承认我哥是王子了吗？"

"有吗？"初时装傻。

"就有。"任佳佳坚持。

任远脸上憋着笑，一副很受用的表情。

慧慧变戏法似的从她房间里拿出两瓶蓝宝丽丝午夜浪漫起泡葡萄酒出来。

酒液是浅金色带抹浅绿色，泡沫细腻持续，即便在一次性透明杯子中也显得高贵典雅。醒酒十五分钟，酒液在空气中散发出浓郁的果香，入口清新，酸度适宜。

窗外寒风呼啸，屋内空调的温度很足，大家脱下外套，穿着毛衣热热闹闹地吃了近两个小时才将准备好的食材解决得差不多，胃里暖暖的，喝过酒的人的脸上因着酒精的作用变得绯红。

大家有说有笑，就像相识已久的朋友，一点儿都不拘束。

但那晚的最后以慧慧的酩酊大醉与号啕大哭结束。好在她给自己留下了颜面，至少在任远他们离开后才发泄出自己的情绪。

后来初时和颜颜才知道慧慧失恋了，她在白天被 Simon 甩了，Simon 将于明年结束在中国的留学生涯。而那两瓶起泡葡萄酒就是 Simon 送的分手礼物。

抓着最后的一丝理智，慧慧对颜颜说："我终究是抓不住他的，他就像是一阵风，短暂的停留过，然后就会消失得彻底。我拿他没办法，因为他不够爱我，他只是想要知道和中国姑娘谈恋爱是什么滋味。原来，我们之间从未有过未来。偏偏我一度以为我们会永远在一起的。真是可笑！"

慧慧说完就倒在了沙发上，初时帮着颜颜一起扶着烂醉的慧慧到房间，看着她安分睡着才出来收拾餐桌上的杯盘狼藉，两人都保持着沉默。

醉意消散了许多。

是颜颜最先打破了这份平静，"其实，我并不为她感到难过。"

初时停下手中的动作，望着颜颜："为什么？"她们明明是很好的朋友。

"她前几天无意间发现 Simon 的家族是美国著名的银行世家，资产无数。这样的家族延续了几百年，慧慧告诉我她感到很绝望，她知道这一天会到来。只是我们都没有想到分手会来得这么快。"

"是啊，明明他们几天前还一起度过了愉快的圣诞节。"初时也觉得很戏剧性。

翌日清早，初时强忍着困意走出房间，就看见慧慧已经准备好了热腾腾的早餐，她微笑着让初时过去用早餐。初时怔了怔，忘记了动作。

慧慧的脸色苍白憔悴，显然宿醉并不让她好过。看着慧慧这样故作坚强、强颜欢笑，初时也装作若无其事的样子，笑得明媚地走过去，配合着大快朵颐起来；后来颜颜也加入，大家默契地不再提及昨晚发生的事情。

失恋的伤痛会一点儿一点儿地被治愈，只是需要时间而已。

元旦后的第二天，南城迎来了新年的第一场雪。初时提前交卷，刚结束了英语考试走出教学楼，就看见洁白的雪花从天空洋洋洒洒落下来，像精灵一般舞姿轻盈。

初时怔怔出神，心情豁然开朗。不多久，身后一片喧闹，有大批的学生涌出考场，走在露天地上，为这突然的雪花欢呼雀跃。

之后的几天，雪断断续续地下着，城市一直都是银装素裹的，校园里的操场上多了许多堆雪人的情侣，偶尔兴致来了，就开始打雪仗，玩得不亦乐乎，丝毫没有受到期末考试紧张压迫感的影响。

不考试的时候，初时就窝在自己的房间里，空调、取暖器、加湿器都开着，安静地看书。这几日，她倒是不用去陪任远学习，不过也答应了任远一个要求。

任远说他的生日是年初一，一定要初时送礼物给他。

初时随口问他想要什么，任远认真思考片刻后，郑重其事地说："给我织条围巾吧。"

"啊？"初时提高了音量，"开什么玩笑？"

"送礼物要送诚意，现在流行送手工织的围巾。"任远的表情有些不自然，然后又略带鄙夷地问，"你该不会不会织围巾吧？"

"那个学学就会了啊，有什么难的？"初时一个没忍住语气豪迈地说。

任远喜上眉梢："那不就行了，又不难。"

"你真是站着说话不腰疼，织围巾很费时间的，而且手工织的一定很难看。"而且她也很怀疑自己是否有这个耐心。

"我不管。"任远公然耍起无赖。

初时勉强答应："好吧，不过得等到年后才能给你了。"

"这个就可以随便了。"任远满意地说。

随后，他们就去了专门卖毛线的店里挑选了颜色以及围巾的式样。至今那几团毛线还被放在房间的角落里，等着落灰。

天气放晴后，整座城市都是湿哒哒的，雪彻底融化后，初时也正

125

式放寒假了。

慧慧和颜颜很早就订了回家的机票，考试结束的当天傍晚就飞离南城。空荡荡的家中只剩下自己，外面的街道张灯结彩，大红灯笼高高挂，无不彰显着新年临近。

这天，初时正推着购物车在超市里采购，穿梭在拥挤的购物人群中，手机突兀地在口袋里震动起来，看着来电提醒，她的脑袋变得空空的。

是继父家的座机号码，应该是母亲打来的，她猜测。

等了许久，那边才放弃，手机才算彻底安静下来。

初时松了口气，也能够猜到母亲这个时候打来电话，无非是希望她回去一起过年。可是那栋房子，永远不是她的家，她心里的家早就被那场大火毁掉了，跟不是家人的人相处，初时倒觉得自己一个人待在南城会比较自在。

想想倒是有好些人都关心她什么时候回家。比如许久不联系的孙礼，比如任远。

任远飞澳大利亚的前一天还在电话里问她订了回家的票没有，初时随意地扯了个谎："订好了，过两天就回家了。"

正有些恍惚，肩膀上突然搭上一只手，突然而来的重力吓了初时一跳。

初时转过身，看向来人，蓦然觉得心跳好像漏了一拍。

"怎么是你啊？"她诧异地问，居然是秦颂。秦颂已经染回了黑发，这会儿穿着修身的黑色羊毛大衣，敞开露出里面的米色开司米羊绒圆领针织衫，倒也像是个"正常人"了。

"难为你还记得我。"秦颂眼睛微眯，嘴角扬起一个好看的弧度，声音带着愉悦。

初时礼貌笑着，"我当然会记得你啊。"

"为什么呢？"秦颂状似无辜地问。

初时有些答不上来，觉得这个问题问得很没有必要。人的记性使然，她又没得老年痴呆症，所以还记得，这还需要问为什么？

见初时沉默着，秦颂开口："我记得你，因为你和我认识的一个朋友有着一样的名字。"

"这是我第二次听你这样说了，有机会倒是可以见见你那位朋友。"初时说得敷衍，以试图掩盖自己的那一丝紧张感。

秦颂不无遗憾地说："可惜我也找不到她了，不然你们真的应该见见的。"

不知为何，初时看着秦颂失落的神情，顿觉毛骨悚然。

她有些不自在地匆匆道别离开。

她的局促不安落入他的眼中，眉头轻蹙，心里不禁好奇，她为什么要紧张？

令初时没有想到的是，短短数天的时间，她和秦颂又不期而遇了。真可谓应了那句话："越是害怕，偏偏就要相遇。"

除夕那晚，初时到预约好的餐厅用餐。

刚坐下点好餐，头顶就有阴影落下，初时抬眸，见到眼含笑意的秦颂，心中惊了惊。

秦颂饶有兴致地在对面入座，"真巧"！话语中有种风轻云淡的味道。

"是啊。"初时觉得有些尴尬。因为她感觉自己好像不太欢迎这个人，那种说不清楚的排斥感一直困惑着她。

"怎么就你一个人？"

青春易碎，越在乎越失去

初时挑眉，"不然还有谁呢？"

"不应该啊。"秦颂笑着打趣道。

他话中有话，初时一副洗耳恭听的模样，但秦颂没再说什么了。

不多久，餐厅走进一位年轻的女人，气质独到，穿着粉色的羊毛大衣，皮肤很白，眼睛也是琥珀色的，很深邃，像个混血儿。

秦颂笑着对初时说："不打扰你了，我约的人来了。"随后起身迎上女子，两人从初时身边走过，入座在最里间的位子。

秦子怡饶有趣味地盯着初时的背影看了看，意味深长地冲着秦颂笑，好奇地问："谁啊？"

"一个认识的人。连朋友都算不上。"

秦子怡不满意这个答案："很漂亮耶，不是女朋友吗？"

秦颂摇摇头："你也觉得她很漂亮？"

"是啊，看一眼绝对过目难忘。你也太弱了吧，身边有这么漂亮的姑娘居然都不追，婶婶为了你的婚姻大事可快要操碎心了。"

"我还年轻啊，你怕我孤独终老啊？"

"怎么？还没忘记苏荷啊。"

秦颂爱苏荷，身边人知道他与苏荷故事的唯有秦子怡而已。

秦子怡是秦颂的堂姐，中瑞混血，不仅外貌出众，而且智商很高，这些年一直待在瑞士，也就春节期间会回来陪家人，今天下午刚到家，却是带着高大帅气的未婚夫回来一起过春节的，大家都有些震惊了。特别是秦颂，好歹他们还保持着一个月一次的视频聊天习惯，连有未婚夫这样的事情秦子怡都不告诉他，气得他早早离开老宅，约了朋友一起在外面过除夕。

要不是秦子怡的电话打来，约他吃饭赔罪，秦颂和秦子怡也不会在除夕夜出现在这家餐厅了。然而未婚夫的事情还没说到，就先说到了苏荷。

提及苏荷，秦颂的眉眼染上了一层哀伤："怎么忘？忘不了。"这深刻的记忆早已成为了一种不可磨灭，似有毁天灭地的威力。

"真可怜。"秦子怡一脸遗憾地说。

"说来真的很巧，"秦颂指了指初时，"她的名字也叫苏荷，苏州，荷花，一字不差。"

"是吗？会不会是老天爷派到你身边解救你的？"

秦颂沉默了片刻，斩钉截铁地说："不会。因为我喜欢的苏荷只是个普通女孩，没有她那么优秀，没有那么漂亮。"

"但她就是有吸引你的本事。"秦子怡接话。

秦颂抿唇，表情凝重地点头。

秦子怡叹了口气，微微笑了："Max 也很普通，但他追了我很多年，他将感动渗透到了我生命中的每一个细节。"

"我觉得他一点都不普通啊。"秦颂一脸不认同地说。

"我是指在我所有追求者中最普通。"

"也是，能够有勇气追你的男人都太优秀了，你挑花眼也很正常。"

"我只想要一个永远宠我的人，而不只是一个阔太太，守着一堆的奢侈品打发时间。Max 很简单，没有多大的野心，在家族企业里，职位并不重要，但是他家所有的人都喜欢他，我喜欢他将大多数的时间用来宠爱我，我享受这份甜蜜。我们做了很多年朋友了，他每天对我说早安晚安，提醒我天冷穿衣，加班的时候从不让我开车回家，不管多累，他都接送我。每个月都送礼物给我，这些礼物都讨我喜欢。生病的时候，他会请假陪我照顾我，他看过我所有狼狈的一面，但他还是喜欢我。这样的一个人，我怕错过了，就不会再遇到了。所以，我思考了很久，向他求婚了，因为我知道，他是没有勇气向我迈出这一步的。我记得那晚他特别诧异，都哭了，也许从没想过有一天，我会真的属于他。你看，我们家族里哪个有他这么单纯的？"

"你们的性格还真是互补了，你有野心，你复杂，你孤独，往后的人生里，有他陪你，真好。秦子怡，你可真幸运。"秦颂羡慕道。

"我已经三十岁了，想想我，你还很年轻，你不该只活在过去的。阿颂，姐姐身边有很多优秀的女孩，她们很完美，但她们只能做朋友，而不是妻子。妻子不需要完美，只需要全身心顾家顾你。所以，我从来不介绍这些女孩给你。我希望你能够自己找到，用心找。"

"再给我三年时间，如果还是找不到苏荷，我就死心了。"

"可以。"

秦子怡与秦颂的谈话结束后，餐厅侍应生也上菜了。

这厢，初时放下刀叉，端起红酒，抿了口。不经意地看了看周边，鲜少有她这样独自用餐的人。热闹的氛围下，自己的形影单只，格外引人注目，当她转过头看到秦颂时，正好与他的视线相撞。她有些尴尬地回以轻笑，然后转过头继续用餐，心想这个秦颂的艳福不浅，前段时间还没有女朋友，这么快就有佳人约会了。

初时用完餐，正要喊来侍应生买单，秦颂和秦子怡走过来；秦颂满脸笑容，对初时说："冲你刚刚对我的笑，我猜你误会我们的关系了。正式介绍下，这是我的堂姐，秦子怡，这是苏荷。"

苏荷愣了愣："额……你好。"她误会不误会，貌似也没那么重要，值得他这样郑重其事地拖着人到她面前做介绍吗？初时觉得他真多此一举。

"苏小姐，你好，有空多和我们阿颂玩玩。"秦子怡笑着说。

初时笑笑，不出声。

走出餐厅，秦颂很绅士地替秦子怡开了车门，然后望向初时："一起吧，我送你。"

初时猛地摇摇头："不用了，不用了，我打车就行。"

此时车窗下滑，秦子怡帮腔道："苏小姐，就让我们阿颂送你回家吧，这么晚了，女孩子一个人回家不太令人放心。"说完，秦子怡就给秦颂使了一个眼色。

秦颂走到初时面前，伸手拉她的手臂，将她推上了车。

车子缓缓没入车流，车厢里播放着电台节目，柔美动听的女声在分享着一个爱情故事，街道两边的霓虹色彩一点点儿地远去。

秦子怡有一搭没一搭地跟初时聊天，初时笑着应对，没有注意到车子变换了行驶的方向，最终秦子怡先回到了家，然后秦颂再送初时回家。这让初时有些莫名，她还是第一次遇到这样的情形，秦颂都到家门口了还不能进。

车里只剩他们俩，初时开口："你怎么不先送我？这样你兜了多大的圈子啊？"

"我时间多，我乐意。"秦颂说。

初时最终选择闭嘴，低头看手机。

打开 QQ 时，发现有未读信息，八点多的时候，任远问她吃饭没有。初时的嘴角不自觉地上扬，一时之间连眼睛里都有了笑意。

"新年快乐！"信息发送没多久，那边传来了视频请求，初时按了拒绝，并回复道："我在外面呢，没有无线网。"这些天，任远时不时地就发来视频请求，每次初时都以这样的借口拒接。一旦视频了，她没回家的事情就暴露了，到时候又得解释一番。

关键是，她为什么不回家，她真的没办法解释。

任远："这么晚了，你怎么还在外面？"

初时回："吃饭啊。"

任远："哦。"

"谁找你啊？"秦颂突然开口问。

初时惊了惊，说："一个朋友。"

"男的还是女的？看你笑得这么甜蜜，应该是个男的吧。"秦颂分析道。

初时笑说："我没有想到男人也这么八卦。"

"我有朋友喜欢你，我当然要多帮他留意你了。"

"是男的。"初时说。

"反正不是林伟西，应该也不是孙礼。苏荷，你男人缘真好。"

秦颂的话里多了些许讽刺的意味，这让初时听着很不舒服。初时不示弱地回："我交什么朋友那是我的自由，秦公子管不着。"

"嗯，的确是我多管闲事了。"秦颂没好气地说。

车子到达玫瑰园，初时下车，向秦颂说再见。秦颂倒车离开，在后视镜看着初时，决定给这女孩一点小小的烦恼。

午夜十二点前的半个小时里，小区的人在放烟花。初时端着一杯热奶茶坐在飘窗上，看着天空中炫彩斑斓的烟火，对自己说："新年快乐！任初时。"

过了十二点，她不忘给任远发了信息，虽说墨尔本那边早就过了十二点，可她还是按照北京时间，送上自己的祝福。

"任远，生日快乐！你看，你的出生，南城在用满城的烟火为你庆祝。"QQ信息发送后，初时又拍了外面烟火的照片给任远发过去。

他没有回复，估计已经休息了，毕竟现在的墨尔本是凌晨两点钟。

第二天，初时没有回家过年这件事就被林伟西和孙礼知道了，他们二人一同出现在初时家门口。初时着实吓了一跳，最重要的是她还穿着连体的龙猫睡衣，此刻已经是下午时光，看到林伟西和孙礼的表情后她恨不得找个地洞钻进去。

人都来了，初时也不好意思拒之门外，林伟西和孙礼坐在客厅沙发上，初时给他们倒了两杯水。

"你回来过年啦？"

"是啊。"

"支教生活如何？"

"条件很艰苦，但我过得很充实。"孙礼幸福地说。

"你怎么没回家过年？"林伟西边问边看了看四周，没有一丁点儿过年的气氛，真觉冷清。

"是秦颂告诉你们的吧！"这人嘴还真欠。

"你不回家，就在这里织围巾啊？"林伟西一把拿起沙发上的那团毛线，初时有些急，"唉，你放下，别给我弄坏了。"

林伟西挑眉问："给谁织的啊？这么宝贝。"

"送给一个弟弟的礼物。"初时答。

"苏荷，新年快乐。"孙礼笑着说。

初时也微微笑了，"你什么时候到家的啊？"然后把孙礼上下打量了一番，"嗯，黑了。"

"这话我都听了八百遍了。"耳朵都快长茧了。

"什么时候回去啊？"

"年初八走。在那之前一定要陪我吃顿饭。"

"好。"初时也不扭怩，爽快答应，心想看在你为山区孩子做好事的分上就成全你了。

"现在跟我一起出去玩吧，别整天做宅女，闷在家里。"孙礼说。

初时很想拒绝，但最终没有一口回绝："我去换衣服，稍等。"

见初时回房间，林伟西放松下来，大大方方地打了个哈气，哀怨道："待会儿你开车啊，我早上四点被叫起床陪着我妈去寺庙烧香祈福，就睡了两个小时的觉，实在是太困了。"

"每年这么折腾也真是难为你了。"孙礼同情地说，心里感叹他妈去烧香从来不需要他。

"其实今年要不是我外公过生日，我就出国玩了。"

说话间，初时已经换好衣服来到客厅，她穿着白色的高领衫，外面套一件驼色羊毛大衣，下身是黑色的紧身牛仔配一双米白色的短靴，低头随意地戴上一顶粉色兔毛帽子，更显得气质独到。

"我好了，走吧。"她将手机放进黑色杀手包里，对他们说。

车上，孙礼坐在驾驶座，林伟西坐在副驾座，初时坐在后座，像公主一样地被对待着，令她受宠若惊。

"我们先去看电影吧，我订了一个 VIP 包厢。"林伟西提议，并看向初时，征询她的意见。

初时立即说："好啊，我都可以。"

车子离开小区，缓缓没入车流中。车厢里放着一首轻音乐，悠扬婉转，听得林伟西差点睡着；因为没人说话，初时从包里拿出手机，有两条未读短信，一条来自母亲，一条来自银行。

"女儿，新年快乐！好好照顾自己的身体，有什么想买的就去买，不要舍不得钱，别亏待了自己。妈妈永远爱你。"

"……您好：您尾号为 6987 的银行卡／账户 01 月 18 日 10 时 24 分转入 100000 元，余额……"

初时无视那条看似深情款款的短信，仔细看了三遍银行短信，数了好几遍那串数字，确认是十万块钱后觉得她妈真是疯了，公然给她这么多钱，也不怕被她老公发现跟她吵架离婚。

也许这种行为是在变相地逼她联系她，可她偏不。这张银行卡是当初继父用她的名义办的，里面本就有他给的一笔钱。初时除了一开始用来交了一次学费之后就再没动过，因为在那之后她已开始给各大杂志写稿子，过稿虽然不多，但也不用为钱愁了，后来也慢慢地填上了最初用掉的钱。这张卡几乎是被尘封了，每个月银行信息也只是惯例扣除月费的信息，谁曾想会这样突然地又多了十万块钱。

其实用这张卡里的钱可以在南城买个小一点的公寓了。这段时间，她一直都想着要不要动用了做些投资，利滚利给自己赚些钱。此刻，这种想法尤甚。

"喂！在想什么呢？"林伟西侧过身子面向初时。

初时回过神来："没什么。"

停车的时候费了一番周折，不管是露天停车场还是室内停车场都满了，好在林伟西在附近小区有认识的朋友，就顺便去蹭了下车位，然后走着去电影院。因着离影片开场还有一个小时时间，所以林伟西和孙礼拉着初时去同楼层的游戏厅玩。

孙礼本以为初时对这类地方是很陌生的，但是在看到初时几乎每个游戏都会玩而且都玩得很好时，觉得自己对她还是了解得太少了。不论是投篮，赛车还是打枪，她的姿势都很帅气，表情冷冷的酷酷的，有时候成绩比林伟西好。林伟西不服再战还是无济于事，不由得在心里暗笑，苏荷果然是女神级别的。

时间差不多了，他们去买了爆米花和饮料后，就进了电影院。

影片并不是最新的，但却是初时一直想再看一遍的《星际穿越》。记得片子刚上映的时候，震撼与感动一直徘徊在内心，甚至觉得这是迄今为止最值得看的电影了。当然，初时并不是对影片中的黑洞理论、

青春易碎，越在乎越失去

引力移动、多维空间、摩斯密码等有多大兴趣，作为一个平日里只写青春爱情小说的写手，这部构思宏大的影片之所以能抓住她的那颗心只是因为那些催人泪下的感情戏。关于父爱，总是催人泪下的。

初时忍不住想，如果她的父亲还活着，那她的人生是不是会有另一番别样的滋味；他们一家几代同堂过着安生的日子，也许会没有很多钱，但却很简单温馨，不必躲躲藏藏的。每到暑假，她想弟弟一定又没考到第一名，嚷着要她给他补课；在夏日独特的闷热里，老旧的电风扇在呼呼转着，电视机里放着《还珠格格》抑或是《新白娘子传奇》，她吃着冷饮，看着弟弟认真地做卷子，那认真的模样让她不禁扬起嘴角。然后奶奶出现，看着垃圾桶里的冷饮袋子，忙不迭地说："初时，女孩子不能吃太多冷饮，对身体不好。下次不许吃那么多了。"而她会撒娇说："可是，我热。"

初时正幻想着，孙礼看着出神的初时，小声问："怎么一直在哭？"

初时惊了惊，眼神一时有些冷漠地看着孙礼，过了几秒钟才回过神来，情绪不高地说："我觉得库伯和墨菲很可怜。库伯在很多年前留下的提示'stay'，墨菲解出来了，但如果那时的库伯自私一点，也许他们一家人也就不用分离那么多年，原来充斥在墨菲儿时生活中的幽灵，不是别人，正是自己的父亲。而墨菲经历了那么多年的努力终究救出了自己的父亲，只是那时她已是一位在病床上弥留的白发苍苍的老人，而他的父亲还很年轻。我在想，要怀揣多强大的信念，墨菲才能与她父亲有这样的再见面。"

听到她说这些，孙礼的心里有些难受。之前，他无意中听到她对班主任说自己是孤儿，虽有母亲与继父，可她还是一再地强调自己是孤儿，想必她的母亲与继父对她也不是太好，所以她对他们才会这么没感情。而她的心里最深爱的想必是如库伯一样的父亲。他的女孩，因着经历了太多的苦痛，失去了一般女孩的柔软与忸怩。

"苏荷，要给你一个拥抱吗？"黑暗中，孙礼微笑着张开了自己臂膀，随时准备迎她投入自己温暖的怀抱。

初时愣了愣："谢谢，不必。我只是觉得导演诺兰拍得真棒，他处理感情很到位、细腻。"也感谢他拍出这样的片子，让她的情绪崩溃都能有个好理由。

"真的不抱一抱？"孙礼又问。

初时无奈地笑，不再理会他。

而坐在一旁的林伟西假装自己什么都没听到，目不转睛地盯着大银幕，就好像这样，他真的就可以什么都不在意。

影片结束后，他们三个人一起吃了晚饭，然后送初时回家。

自收到那两条短信后，初时就再没看手机。洗完澡躺在床上她才发现任远给她回了QQ信息。

任远：谢谢。新年快乐！我会给你带礼物的。

他还给她发了一张自拍照。

初时看了后心情变好了，虽说他年纪不大，但是她真的有被他吸引到，尤其是他干净的笑容。

她原本想早点睡觉的，但想着还是要尽快把围巾织好，这样任远回来了就能用上了。

晨光熹微，初时打着哈气，揉了揉酸痛的脖子和手腕，将围巾在脖子上绕了个圈，不得不说灰色真的很适合白皮肤的人，初时自恋地多看了自己几眼，然后心满意足地爬上床补觉。因着睡眠质量很好，所以初时中午起床后也是神清气爽，悠闲地给自己煎了两块牛排两个蛋，胃口极好。

下午，初时从前段时间在网上买的一堆书里拿了一本坐在飘窗上

青春易碎，越在乎越失去

看，一杯抹茶酸奶加一份水果沙拉就足够打发时间，眨眨眼就已经是傍晚华灯初上了。这日子静悄悄的，都快让她忘记今天是大年初二了。初时很喜欢这份不被人打扰的静谧，她知道自己的性格是越来越孤僻了，甚至有些自闭症的前兆了，但这并不妨碍她喜欢这样的自己，深沉的自己可以带来很多的灵感。

她很庆幸这年轻的生命没有被空虚寂寞充斥，没有迷失自己。

大多数像她这个年纪的女孩子都在谈恋爱，或许是为了爱，或许是为了陪伴，或许是为了物质，这理由不管是高尚与卑劣都有其存在的价值，而年轻就有挥霍的资本，每个人都在选择一条最好走的路通往幸福，谁都不是傻瓜。

晚上，初时安静的世界被打破了，手机一直在响，是她母亲打来的。

她有些犹豫，但最终还是选择了接听。

"喂？"她故意将声音变得闷闷的，是想让对方知道自己的不情愿。

"初时，你终于接我电话了，"电话那头的女人一激动哭了起来，"这半年来，你从来不接听我的电话，妈妈都很久没有听到你的声音了。你是不是在生气？可是妈妈想了很久都不知道你为什么在生气。我们哪里做错了吗？"

母亲激动地说了一堆，甚是委屈，可是初时根本不想听这些，有些厌烦。

很多年前，她受爷爷奶奶的耳濡目染，他们总是在她面前说她母亲是薄情寡义之人，初时那时还不太懂薄情寡义这个词，只知大人们说什么便是什么了。初时真正觉得自己开始恨母亲的时候，是任远总是跟她哭着说想妈妈的时候，而她没有办法就只能骂任远一通，最后两人都哭了起来。周围的邻居没有不对初时的母亲指指点点的，因为她丈夫死后没多久她就改嫁，这个时间太快了，快得让人无法接受与适应。邻里说母亲闲话的时候，初时听到过很难听的话，但她从未想过要为母亲辩解什么。她以为自己可以不要母爱，只要跟爷爷奶奶和弟弟一起幸福地生活在一起就足够了。然而当命运将她这小小的心愿残忍剥夺后，她的母亲成为她在这个世界上最亲的人，她曾经贪恋过她的爱，也想要为这段冷淡疏离的母女关系做出努力。只是，总有一些事情的发生让这段关系变得越来越畸形。

继父人前呵护备至，人后冷漠绝情。这样两张面孔，初时的母亲从不知道，她当他是个善良的好人。初时本想忍耐到自己能够独立，然而去年过年，她回了一次她母亲的家，那时候家里多了一个小姑娘，那是继父妹妹的二女儿，乖巧懂事，人见人爱，听保姆阿姨说已经在家住了一段时间了，大概是想过继过来做女儿。当然这只是保姆阿姨的猜测。

初时也没当真，也不是没爹没妈的孩子，怎么可能舍得送给别人。之后她劳动节又回了一次，发现那个小姑娘还在。这时候，小姑娘就像变了个人似的，嚣张跋扈，蛮横霸道，人前人后是两种样子，初时本以为这是小女孩使性子，后来听到保姆阿姨说起这个女孩总是无故弄乱初时的房间，初时才明白这不是她多想。小姑娘之所以会变得肆意妄为是因为领养手续已经办好了，她名正言顺地成了这个家的一分子，她的任务就是代替初时成为这个家女主人的乖女儿，而她背后的靠山就是男主人。

初时不想再继续留下来，所以当天就拎着行李箱回了学校。在那之后，也不再接听母亲的电话了。

忍受一切骂名也要嫁的男人也应该是个善良忠厚的人啊。

她生气她母亲识人不清，身处在一个诡计多端的家庭而不自知。

青春易碎，越在乎越失去

初时想只要继父先去世，她母亲一定会被第一时间赶出家门，毕竟继父的一众姊妹可都是如狼似虎的存在。

初时冷冷地问："什么事？"

"苏荷的妈妈生病了。"

初时变得紧张起来，提心吊胆地问："什么病？"

"左肾肾癌，得做手术拿掉，但是她右肾也不好，有积水，一直都在长期吃药保守治疗。我担心如果她以后右肾也保不住，没有肾源会死。"

初时沉默片刻后坚定地说："不是还有我？如果她真的需要，我会捐赠。"无论如何，总会有办法的。

听到这话，初时的妈妈显得情绪很激动："不行，不可以，我是不会答应的。"

"现在说这些都没用，我明天就回去。"

"好，我去接你。"

"不必。"未等她再说什么，初时就挂了电话。

一天的好心情戛然而止，剩下的只是对生命的恐慌。她真的很害怕，多希望钱能够买到生命，战胜疾病。

Chapter 6

/我欠下的债自己还/

听过太多只能同享福不能共患难的故事，所以更害怕自己那么深爱的人会因为苦难而离开自己。

最残忍的莫过于不因苦难有多难以跨越，只因他其实没有那么喜欢你。

初时坐大巴车一路颠颠簸簸回了扬城。

下午三点，汽车站外，初时正要坐出租车去网上预订好的酒店，就听到有人叫她的名字。

"小初。"

初时转过头，看到了她的母亲，正急匆匆地向她走来。

她停下动作，关上了车门，不情愿地对司机说了一声："师傅，不好意思啊。"

然后让给了后面排队等着上出租车的旅客。

"我估摸着你这个时候也该回来了，就来等你。"

初时见母亲还要继续说下去，忙打断，"我不跟你回家。"

付梅眼中闪过失落，不解："为什么啊？小初，你对我们有什么不满吗？"

初时笑："你们供我吃穿读书，我对你们会有什么不满呢？"

"这大半年，我总觉得你在生我们的气，你对我总是爱理不理的，从不会主动联系我，我打你电话、发你短信，你也总是不回复。是不是因为娟娟？我听马阿姨说之前娟娟对你很不客气。她还小，你别跟她一般见识。"娟娟原名李娟，现在改名邵娟，是付梅和邵磊的养女。

付梅亲切地叫她娟娟，说明她打心眼里是接受这个女儿的。

"妈，我已经长大了，我有自己的生活，我不会再依赖你，不会黏着你，这些都是正常的，不是任何人的原因。"

"那你跟妈回家住。"

"我定了酒店了，钱已经付了，还交了押金，不能退。妈，真不好意思。"

付梅的表情有些勉强，迟疑道："那……那我送你去酒店，妈想多陪陪你。"

"行。"

邵家的车就停在马路对面，付梅牵着初时的手过马路，生怕她跑掉似的。

车上，邵娟放下车窗，探出头来，眯着笑眼，甜甜地喊了一声："姐姐。"

初时微微吃惊，以为是不用见到她的，却还是没逃掉。初时表情淡淡，未理睬她，径自坐在了副驾座上，有些冷漠高傲。

付梅也没说什么，坐在了邵娟旁边，邵娟尴尬地看着她，付梅给了她一个安慰的眼神。

一路上，再无言语。

到达酒店办理好入住后，付梅还想带着初时去吃晚饭，被初时一口拒绝了。

"妈，我有些累了，坐了一天的车，现在只想好好地睡一觉。你们回去吧。"

看着女儿满脸的倦意，付梅有些心疼："那好，我明天再来看你。"

"好。"初时牵强地笑，敷衍着。

邵娟狠狠瞪了一眼这个她名义上的姐姐，眸子里是一种无处宣泄的怒意。

初时假装没有看到，去了洗手间洗脸。

付梅去了附近知名的餐馆，打包了一些饭菜让司机给初时送去。

邵娟在一旁看着，醋意大发。

"妈，刚才姐姐那么无视我，你都没有说她。你平时对我那么严厉，你好偏心啊。是不是因为我和你没有血缘关系，你就看轻我。"

付梅感到诧异，眼前的这个小女孩不过十多岁，竟说出了这样一番话，甚至话语中有些咄咄逼人的气势。她很早就知道娟娟是个心思通透的女孩，她的聪明程度常常令人感到害怕，她的城府或许比初时这个二十来岁的姑娘还要深沉。付梅有段时间不是很喜欢她，她不是那种心思单纯的善良姑娘。娟娟太会看人脸色了，她说的话不知是骗还是真，总让人捉摸不透。后来付梅觉得娟娟是受她母亲影响，才会变得这般世故。她同意收养娟娟时向邵磊提出了要求，那就是为了娟娟好，以后请邵春少来家里走动。邵磊欣然答应。

之后，大家都处得挺愉快，付梅对娟娟管教得很严格，是真的打心底里把娟娟当作女儿来对待。如今，娟娟说她偏心，付梅开始反思，或许是她真的疏忽了邵娟的心思，连忙宽慰道："小初是个可怜的孩子，我虽然是她母亲，但是根本就不便说她什么。她要是让你心里不痛快了，你也要体谅她。"

邵娟商量道："那你以后不要管我那么多好不好？我想看电视就看电视，想玩电脑就玩电脑，想买漂亮衣服就买漂亮衣服。"

倒真不是付梅对娟娟的吃穿苛刻，而是这个孩子的作风太奢侈了，衣服买了一堆又一堆，根本就穿不完，简直是浪费。而且她这个年纪，迷恋上看电视玩电脑是很容易影响学习成绩的。

"这不行，我该管的还是得管。"付梅坚持。

见付梅没有让步，娟娟心里不满，但是面上还是带着笑容。

苏荷的母亲田桂香是个左脚天生残疾的人，这样的一个人嫁给了附近的瞎子苏松。

苏松平日里靠给人算命挣钱，生意清淡，到年底那段时间才有些收入。

中学放假，初时常去苏家找苏荷玩，对苏家并不陌生，老城区里，破败的楼房里，苏荷家住在一楼，有个小院子，院子里种着一些蔬菜，房子虽然小，但是被收拾得干净整洁，田桂香是个勤快的女人。以前苏荷和苏亮每天都会帮田桂香做手工活，一家人开着一盏小小的黄灯，数着棉签装袋，就连苏松这样的盲人都能做。通常数一口袋棉签也才不过几块钱而已。有几次，初时住在苏荷家，也会帮忙到很晚。面对这样的生活，没有人抱怨，他们平和地接受着这一切。初时看着就觉得充满希望，觉得他们肯定会越过越好的。

145

这样的一个家庭好不容易供出了一个大学生，指望着以后的日子稍微好过点，却遭到了命运的捉弄。苏亮的猝死让苏松和田桂香生出了满头的白发，失去了生活的希望，两人的脸上再也捕捉不到笑容，沉闷的相处，不多的话语，已经令这个家庭犹如死灰。

苏荷再也没有出现在他们面前，很久之后初时去看望他们，他们问初时有没有跟苏荷联系。初时忍着心中的酸涩，说她现在过得还不错。

付梅每个月都会以苏荷的名义往田桂香的存折里打些钱，她跟他们保持着朋友的关系。他们以为苏荷不再联系他们是想要摆脱这样的家庭，尽管很想念女儿，但他们也觉得她这样做没有错，因为在这样的家庭里生活着，只会越来越消极，越来越看不到活下去的希望。离开、走出去，才是苏荷应该做的。

连这次田桂香生病，苏松都没有想过要找回苏荷。

而田桂香只想在家等死，哪里会想要治疗，他们也没有钱治疗。

直到初时和付梅双双出现在苏家。

初时告诉他们，苏荷已经嫁人了，不方便回来看他们，知道母亲生病也很着急，便给初时打了钱来，要田桂香务必接受治疗。

得知女儿现在生活很好，苏松的心里稍稍有了些安慰，田桂香本来还是不愿意花这冤枉钱接受治疗，但是苏松也开始劝她，田桂香这才被说服，去医院接受治疗。

苏松行动不便，一直在家，初时付钱关照邻居，要定时来给苏松做饭。

医院里付梅请了护工照顾着田桂香的饮食起居，初时偶尔陪着田桂香说说话，跟主治医生聊聊治疗方案。

病房里清冷，有很多病人都暂时出院回家过年了，所以田桂香所在病房里另外两张床都空了出来，少了许多吵闹。

大年初六的傍晚，孙礼给初时打电话，问她喜欢吃什么。

那边兴致满满，初时有些难以启齿，一阵沉默。

"火锅、烤肉、烤鱼、粤菜……你想吃什么？我来订位子。"

"孙礼，我很抱歉，我回家了，不能跟你们一起吃饭了。"初时态度无比诚恳。

孙礼的心凉了半截："你是不是不想跟我一起吃饭啊？"

他觉得这是初时的借口，被这样怀疑，初时也觉得很无奈。

"不是的，我家里出了一些事，跟我愿不愿意和你吃饭没有关系。孙礼，你不要多想，我真的当你是朋友。"

"家里出了什么事？需要我帮忙吗？"

初时沉默了，这两天她已经问过医生了，田桂香的手术有条件的话最好到南城那种全国权威的医院做。

她有些为难地开口问："孙礼，你家里有人认识南城军区医院肾脏科的权威专家吗？"

"林伟西的妈妈是军区医院的医生，她肯定认识。"

"我有个亲戚生病了，我想带她到南城治疗。"

"这样吧，你把病历拍照发我一份，我帮你问问吧。"

"好。"初时顿了顿，又说，"谢谢你，孙礼。"

"你跟我不用这么客气，能帮到你，我会觉得很开心。"

孙礼第二天上午就给初时回了电话，说可以安排住院，这件事他已经拜托林伟西全权负责，就算他到时候不在南城也没有关系。

初时跟他说等下次见面请他吃饭好好道谢。

孙礼心满意足地挂了电话。

初时和付梅商量了下决定帮田桂香办理出院手续。

大年初八，孙礼和家人吃了一顿团圆饭后，就被林伟西送去机场了，没能再见一次苏荷，总归是遗憾的，所以他再三叮嘱林伟西一定多帮帮苏荷。林伟西的耳朵都快起茧了，连忙提醒他这话已经说了无数遍了。孙礼尴尬地拍了拍自己的额头，无害地笑了："我忘了。"

看着孙礼有些落寞孤单的身影，林伟西在心里也是一阵不舍。

"好兄弟，半年后再见。"

孙礼没有回头，摆摆手。

一个礼拜后，田桂香做了左肾切除手术，因为是早期癌症，加之田桂香目前的身体状况，主治医生并不建议继续采用放化疗的方式预防癌细胞转移，决定用药物干扰，定期到医院复查即可。

这期间，林伟西一有时间就来医院找初时。他青春阳光的长相，令小护士们都不禁多看两眼。

肾脏科的护士在整间医院相对而言是比较轻松的，因为肾脏病人是不能多输液的，基本上一个病人一天两瓶水，分两次输完。所以，有些实习护士会留在田桂香的病房里，听林伟西侃侃而谈。

初时在一旁听着，静静的。

在林伟西提出要来病房前，初时就跟他约法三章，不要提及她的名字。虽然林伟西不太能理解，但还是答应了。

不过，初时每次在林伟西到来时都非常紧张，害怕他习惯性地喊出她苏荷的名字，被田桂香听到。

付梅私下问过初时，那个林伟西跟她是什么关系。

"他跟我没关系啊。"

付梅显然不相信，"要是真没关系，他跑这里这么勤快？这里又不是什么好地方，到处都是病菌的。明眼人都看得出来，他为你而来，因着你的关系，才会对你桂香姨这么照顾。听小护士说，林伟西的妈妈是这家医院的一个主任医师，出自很有名的家族。他跟你真的没有关系吗？"

"真的就是大学同学关系，很普通的那种。"初时依旧很淡定坦然。

付梅这才信了半分。

之后，她越看林伟西越喜欢，无数次想，要是这样的男孩子能成为自己的儿子该有多好。虽然初时对他感觉一般，但是很明显，这个林伟西对初时可是很上心的。

直到南城大学开学，林伟西就没再跑来，连初时也是每天傍晚才来医院一趟，为了陪付梅一起去外面吃晚餐。医院里的饭菜都是为病人设计的，虽说健康但是因为低盐使得常人很难咽下去，付梅吃了几次就放弃了。再后来，初时会陪着付梅去医院附近的商场里吃饭。

这次田桂香生病住院，付梅出钱出力，初时也知道她顶着很大的压力，跟邵磊肯定吵过架。毕竟以邵磊那活在自己世界里的性格，是不会放付梅在外这么长时间的。

母亲的陪伴多多少少给了初时安慰与力量。

那日，一些病人聚在田桂香的病房里，大家谈论起走廊那头病房里的一位病人，那个男孩子只有十六岁，已经出现了肾衰竭的症状，在颈部插管靠血液透析来维持生命，他的父亲原本想要把自己的一颗肾移植给儿子，却检查出患了淋巴癌。一家三口，倒下了两个，这个家只能靠男孩的母亲坚强支撑着。

有时候，命运真的挺残忍的，它总是不愿意给人美好的结局，一次又一次挑战着人类承受的极限。

初时听后，心里受到了极大的感触，久久无法释怀。

初时对付梅说："一个要捐赠自己的肾脏给儿子救命的父亲却被告知自己得了癌症，你不觉得这太荒唐了吗？"

"我们经历的也很荒唐啊。"

初时一怔，苦笑，是了，谁的经历不荒唐呢？

她转念问："如果是我生病了，你愿意捐赠自己的肾脏来救我吗？"初时有些不抱希望，毕竟在她心里她的母亲从来就不是伟大的人。

她是个俗人，是个自私的人。

然而，付梅没有丝毫犹豫，语气坚定地说："我会。为了你，我什么都愿意给，就算是要我的命都可以。"

"是吗？"初时有些迷惑了。

"是，初时，你不可以怀疑我对你的爱。"

初时没再说什么，偏过头去默默地掉了一滴眼泪出来。

即便是谎言，也令人为之动容。

付梅在医院附近的小区里租了一间公寓，方便去医院照顾田桂香。初时之前一直陪她住在那里，这两天才搬回玫瑰园，原因无他，任远的妈妈一直都打电话催她回来给任远补课，说任远最近学习上有很多不懂的地方。眼见田桂香恢复得一天比一天好，初时也有心思做别的事情，就答应了任妈妈过几天回去给任远补课。

这一天是周六，是任远年后第一天接受初时的补课。

任远听到门铃声就急匆匆来开门，初时满面笑容地站在门外，他呆呆地望着她，幸福的感觉源源不断地涌上心头。上一次见她是年前，他也没曾想年后她会这样忙碌。

初时进门，上下打量了一番任远，感觉他变了。

"你好像长高了啊。"说完，初时比画了自己跟他的身高，随后喃喃自语道，"的确是高了呢。是个大男孩了。"

"有吗？"任远有些羞涩地挠挠头。

看着任远如此模样，初时也忍不住笑了，将手中的纸袋递给任远。

"喏，迟来的生日礼物。"

"冬天没剩下多久了。"任远从袋子里拿出围巾胡乱围在脖子上，有些惆怅惋惜。

"这个冬天太冻人了，也该过去了。春暖花开多美好。"

任远笑，他倒是希望这个冬天能够再漫长一点，春天来得再慢一点，这样这条围巾就可以一直围着了。

"你最近都忙什么呢？"任远好奇。这段时间，他有很多次都联系不到初时。她的QQ静悄悄的，一点动静都没有，就好像被主人弃用了一般。当任妈妈告诉他初时请假的事情，他以为她是要离开了，不愿再做他的家教老师了，失落了好一阵子，就连任妈妈也不敢肯定初时还会不会再来。

昨晚，初时给任妈妈打电话说今天会过来，任远一夜失眠，兴奋激动了很久，清早起床就把要送给初时的礼物整理了下，打算打包让她带走。

在墨尔本的时候他陪着任妈妈和任佳佳逛街，看到什么好玩的都想要买来送给他的小老师。慢慢地，礼物就变多了。

"自然有要忙的事啊。"初时顺手脱下外套，去了书房。

翻了翻书桌上的书本和之前让任远买来的习题册，然后没收了答案。

任远跟了进来。

初时看向他说："你妈跟我说你这两个星期的课有很多不懂的地方，你告诉我是哪里不懂，我给你讲讲。"

"好。"任远有些不自在地躲过了初时的目光，其实自从认真学习后，老师讲什么，他都能理解通透，之所以这样装不懂，也只是希望表达下他离不开初时的补课，让家人一定要尽力挽留住初时。

中午，任妈妈留初时在家吃饭，补课到傍晚才结束，走出书房，任远发现家中只剩下保姆阿姨一个人了。任妈妈带着任佳佳去美术老师家学画去了，任爸爸今天一天都没出现过。

"那我先回去了，明天再见。"初时看了看时间。

"你等等，我给你带了礼物。"任远跑回房间，随后搬出了一个很大的收纳箱。

初时目瞪口呆："什么呀？这也太……大了吧。"

"我帮你搬回去吧，有点重。"

"好，"初时有些过意不去，"让你破费了。"

"这里面除了任佳佳送你的音乐盒，其他的都是我给你买的。"他有些得意地说。

"我知道了。"

来到初时家，任远将收纳箱子放在她房间里的飘窗上。

他摸了摸自己的后脑勺，不怀好意地笑了笑："你知道这以前是我的房间吗？"

初时愣了愣，倒是从来都没想过这个问题。

"不过租出去前重新粉刷过了，我的那些海报都被撕了。"任远觉得可惜。

"现在房间被你布置得还蛮少女的。"

金色的铁艺床上绕着一些彩灯线，床上铺着淡粉色的蕾丝被单，床前做旧的老木地板上铺着民族风的地毯，飘窗旁边放着一张圆桌子，桌子上放着一瓶绿植，一台笔记本电脑，一个咖啡杯，颇有文艺气息。

初时静静地等着任远，事实上，她现在要赶着出门和付梅汇合。

任远参观完后，对初时说："苏荷，你给我做晚饭吃吧，我想吃你做的意大利面了。"

初时瞪大眼睛，"你家里阿姨在等着你回家吃饭呢。"

"你又不是不知道她做菜一点儿都不美味。"

"别找借口奴役我了，都这么长时间了，你早就吃习惯了。"

"哎呀，苏荷，你看我送你这么多礼物，你请我吃顿晚饭怎么了？你不要这么小气嘛！"任远拽了拽初时的衣服。

初时笑："不好意思啊，我今晚不在家吃饭，我有约。"

"和谁约了啊？"任远状似无意地追问，"男朋友吗？"然后心里不自觉地紧张起来。

"我妈。"

任远暗自松了一口气："你妈来南城了吗？"

"来了一段时间了。"

"那你带我一起去呗。我保证我会很乖的，不给你捣乱。"任远开始耍无赖。

初时无法抵挡他的这种无邪请求："行吧。"

任远得逞，开心地笑着说："苏荷最好了。"

上了出租车后，任远一副欲言又止的样子，逗乐了初时。

"你有话就说呗。"

"你和你妈关系不是不好么？"

"是啊。"

"那现在，你们看起来也不是关系不好的样子啊。"

"我家里有人生病了，现在不是跟我妈闹别扭的时候。"

"啊？谁生病了？"

"跟你说了你也不知道。"初时不愿多说，显得有些不耐烦，她不想解释一堆，或者说是胡编乱造一堆谎言来圆一个又一个谎言。

到达商场，初时打了电话给妈妈，她妈在排号，初时带着任远到付梅跟前，任远热络地对付梅说："阿姨，您好，我叫任远，见到您很开心。"

任远？

付梅尴尬地问："你说你叫什么？我没听清楚。"

"我叫任远，远近的远。"任远解释。

真巧。

下一秒，付梅就红了眼，有些不敢相信地看着初时。

初时知道付梅的心情。

"哦哦，你好，任远。"付梅一直都在努力克制自己的感情，喊出任远这个名字，她至今都觉得心痛不已。

她的儿子，任远。

那么可爱的孩子，却走得那样早。

"任远是我房东家的孩子，也是我做家教的学生。"初时介绍道。

付梅对初时说："我不知道你在做家教的工作。"

"时间多就挣点钱了。"

任远一直礼貌微笑着，付梅看着他略带青涩的脸，觉得他蛮讨人喜的。

又或者是对任远有些代入感情了，就跟曾经的初时一样，看到任远就忍不住地要对他好。

点菜的时候，付梅一直望着任远，让他点自己爱吃的菜，热情得让任远都有些不好意思了。

付梅给任远倒了玉米汁，跟他聊天，初时在一旁安静地听着。

"你多大了啊？"

"19 岁了。"

"比苏荷小两岁，读高三吗？"

任远有些难为情："高一，我以前身体不好，上学比别人迟。"

"不好意思啊，任远。"

"没关系。"

点的菜上桌后，付梅热情地给任远夹菜，搞得任远都有些受宠若惊，一度觉得是自己表现得太好了，才会这样受欢迎。

看着任远吃饭，付梅想起了儿子，他们都一样，性子慢吞吞，吃饭斯斯文文的。付梅有些恍惚。

后来，一顿饭吃得有些安静。

初时怕任远觉得尴尬，时不时地夹菜到他碗碟中。

"倒真像个好姐姐的样子了。"付梅突然开口感慨道。

初时愣了愣，心里亦不好受："嗯。"

那是她心里永远的一根刺，是怎么都磨灭不掉的愧疚与后悔。

任远在心里无声反驳，才不要你做我好姐姐呢。

分别的时候，任远对付梅说："阿姨，我今晚过得很开心，谢谢您的款待。"

付梅微微笑着："好孩子，你爸妈肯定很欣慰，有你这么好的孩子在身边。"

任远苦笑："我妹妹比我更好。"

"不要妄自菲薄。"初时插嘴。

"再见，任远，有机会，阿姨再请你吃饭。"

"再见，阿姨。"

回去的路上，初时一直望着车窗外，静静地，不知道心里在想什么。

"你妈人挺好的啊，你们之前怎么会处成那样？"

"你又知道什么呢？"初时的语气十分悲伤。

任远看到车窗玻璃上映出她流下的眼泪，心也跟着揪起来了，忍不住猜测她弟弟的死是不是她妈妈造成的，所以她和她妈之间才会那么疏离。但他不敢问出口，隐约觉得苏荷的弟弟是她心里的一个禁忌，是一个只要提了就能让她哭到肝肠寸断的人。他害怕她又会像在厦门的旅馆里那样哭泣，自己的心受不了。

她总是对别人说自己是她弟弟，任远想如果她的弟弟还活着，或许苏荷就不会这么孤单无助了。

下车后，初时的心情恢复如初，好像方才的悲伤是任远看错了。

她要送任远回家，谁知道任远不肯。

"还是我先送你回家吧。你一个女孩子家，万一遇到坏人呢？"

初时笑了："你一个小孩，要是遇到坏人，我可吃罪不起，你多金贵啊。"到时候任爸爸任妈妈不得恨死自己啊。

"我怕什么啊？大不了就是被强奸嘛。"任远说得无比豪迈。

初时被逗乐："也对。"

"不过这么冷的天，坏人也应该不会出来作案吧。"任远猜想。

"嗯。"说完，初时就裹紧了外套，问任远，"围巾还暖和吗？"

"当然暖和了。"

"那就好。"

玫瑰园很安静，路上一个人都没有，一栋栋高楼每家每户都亮着灯。

初时看着自己家的阳台上有个人影，原来是慧慧在晾衣服。

她最近交了新的男朋友，英语系的才子，没有帅气的样貌，但会是一个能死心塌地对慧慧好的那种人。颜颜初时聊起这件事，觉得慧慧一定是被 Simon 伤得太深了，现在的这个男朋友不提跟 Simon 比了，在所有追求慧慧的男人中长相是最普通的一个。但初时想，也许正因为如此，慧慧才会选择这位吧，毕竟他能够给自己带来最大的安全感。

仰望一个太过优秀的人，始终是太累了。

任远把初时送上电梯后才往家走。

初时想起和任远见面的那一天，下大雨的南城，到处都是积水，他给他爸打电话来接他，那时候的他似乎不懂得体贴别人的辛苦，是个只为自己考虑的孩子。但如今，他好像长大了许多，独立了许多，也开始变得绅士许多。从前的他向来是懒得主动与别人打招呼的，更别提如此礼貌周到。

意识到他的这些变化，初时替他感到开心，也觉得自己蛮有成就感的。

回到家，慧慧在客厅跟男朋友煲电话粥，初时跟她打了个招呼就回房间去了。

她把任远送来的收纳箱搬到床上，还真挺沉的。

长这么大，她几乎没有过这样的待遇。这些礼物好像把她之前缺失的惊喜都给补齐了。

初时充满期待地打开盖子，一件一件地拿出来，放在床上，有茱莉蔻的护肤品、澳大利亚本土的一些保健品、一双三叶草的运动鞋、一只毛茸茸的灰色邦尼兔和任佳佳送的水晶球音乐盒。最下面是一只包装精美的盒子，里面是一条串了粉色珠子的潘多拉手链。

初时给任远打去了电话。

任远可能刚刚才走到家，电话那头有关门声。

"怎么了？"

"你送我的礼物都太贵重了，我不能收。"

任远语气很冲地问："怎么就不能收了？"

"你爸妈知道你送我这些吗？如果我收下，我就成了贪便宜的人了。"

"我爸妈知道我给你买了礼物。"虽然不知道买了这么多。

任远故意装作不耐烦："我买都买了，你就收下吧，就当是我贿赂你了。"

"任远……"初时显得无奈。

"你放心好了，我压岁钱很多的，比你想象的还要多很多。"

"下次你不许再这样破费了。"

"好。"下次的事下次再说了。

"那挂电话了。"

那个盒子她到底看到没？

任远着急打断，"等一下……"

"什么？"

"你有看到那条手链吗？"

初时将手机换到另一只手，伸手摇晃着已经戴在手上的手链，抑制不住的嘴角上扬："看到了，很漂亮。"

"你喜欢吗？"

"喜欢啊。"

"我眼光还不错吧？"任远得意道。

初时难得没有反驳："是啊。"

"那条手链你记得戴起来啊，我觉得很适合你。"

初时憋着笑，如果告诉任远她在看到后就迫不及待地戴在手上了，那任远会不会更得意了。

调整情绪，初时才语气淡淡地回："好，我知道了。"

窗外夜色温柔，两人在各自的小天地里偷偷笑着，不敢让对方知道，只觉时光是这样的甜蜜。

其实，潘多拉手链任远买了两串，蛇骨链上各串着粉珠子和黑珠子，是情侣手链。

当然目前，他是没胆量让苏荷知道的。

南城进入四月的时候，气温终于开始回暖，春天的脚步虽然比往年晚了许多，但也不影响人们出门踏青的心情。

公园里百花齐放，碧绿色的草地上到处搭着帐篷，大家席地而坐，边赏花边烧烤，蓝天白云下飞着一只又一只美丽的风筝。

其中一只蝴蝶风筝的线揽在任远的手中。

初时和任佳佳在把中午要吃的东西装盘，寿司、卤鸡爪、秘制扒鸡、可乐鸡翅，都是任妈妈的手艺。

今天是田桂香出院的日子。大清早，初时就去医院帮着办理出院手续，跟付梅和田桂香告别，邵家派车来接她们回扬城，免了她们路上受累，初时放心不少。

刚从出租车下来就看到任远推着他的自行车远远走来，他戴着黑色鸭舌帽，穿着一件白T恤，搭一件军绿色的外套，像是要去运动。

"去哪儿？"初时走近了问。

任远笑："来找你啊。"

"找我干吗？"她记得今天安排的补课时间是晚上。

"我们去踏青吧，任佳佳嚷了几天了，我爸妈都没时间陪着，所以我就想到你了啊。"

"什么时候？明天吗？"初时在心里想着要买些什么食材。

"现在。"任远轻轻松松地说。

"现在？"初时大吃一惊，随即说，"来不及吧？"

"来得及，东西我妈都准备好了才出门跟姐妹约会的。现在任佳佳已经在家里正在为穿什么衣服而发愁。其实吧，她就是脸丑了点，再怎么折腾也还是不行。"任远毒舌起来也真是够讨厌的。

"那你怎么知道我今天一定有空陪你们？"

"单身人士什么都缺，就是不缺时间啊，反正又没有人约你出去玩。"

"你嘴巴还可以再损一点儿。"初时玩笑道。

"可以啊，你要听吗？"

初时摆手："不，你闭嘴吧。"

春天真是个适合恋爱的季节，她的两个室友突然都脱单了，就连天籁也有人追了，大家都春心荡漾，蠢蠢欲动啊。

初时回家换了一双运动鞋就去任远家了。

保姆阿姨在把食物装篮子，任佳佳散着一头的乱发等着她帮她编辫子。

"苏荷，你给任佳佳扎个辫子吧。"阿姨说。

"扎马尾辫吗？"初时接过任佳佳手里的梳子问。

任佳佳比画了一番："把我前面的刘海编个辫子然后扎个丸子头。"

"编不好别怪我。"

"苏荷，你别理她，一天到晚臭美，就给她扎个马尾辫。"任远从房间来到客厅，手里抓着一顶黑色鸭舌帽，随意地戴在初时的头上，竟然还挺好看。

初时想要拿下来，被任远阻止了。

初时觉得别扭："我涂了防晒霜，不用戴帽子。"

"外面太阳很晒的。"任远坚持，此刻，他的手正压在初时的手上。

比初时高了大半个头的任远靠她很近，初时感觉到有些压迫感，一个抬头就与他的视线相撞，这样的他们有些暧昧，让初时觉得尴尬。任远似乎也意识到了这个问题，松开了初时的手，脚步往后移开，脸上不自然地笑了。

初时重新戴好鸭舌帽，开始给任佳佳编辫子。

一切准备就绪后，三个人才走到小区外，初时用市民卡刷了一辆公用自行车载着任佳佳往附近的公园骑，任远的车跟随在她们身后，像是在为她们保驾护航。

公园外的路边停满了汽车，初时他们直接骑车进了公园。宽而平整的行路两旁，水杉树将阳光遮挡了大半，微风扑面而来，热得快要流汗的几个人一下子凉爽起来。

最后，他们将车子停在了桃花林外。

任远从背包里拿出两块野餐的格子布，铺在草地上。

不远处一只风筝落在了地上，任远心思一动，看了一眼初时和任佳佳，然后悄悄骑车去公园外的小商店买来一只风筝。

任佳佳有些激动，嚷着要玩，然而，不等风筝飞上天空她就觉得没意思把线团扔给了任远。

初时将一盒草莓递给任佳佳吃，然后对任远说："你把风筝线绑在桃花树上，过来吃点东西吧。"

"好。"

任远小跑过来，初时递给他湿纸巾擦手，然后将美食都挪到他面前。

任佳佳在一旁看着，感慨道："苏荷姐，你真的好贤惠，以后谁娶了你就是谁的福气。"

"小丫头片子，瞎说什么呢？"初时作势要去捏她的脸。

任远在一旁呵呵笑着。

她总是可以把身边的人照顾得很细致，这是她的优点。

附近有一群人在烧烤，大概是公司聚餐。

有个男人端了一盘烧烤过来，那人直视着初时羞涩地说："给你们吃的。"

初时连忙站起身，接过盘子："这多不好意思，谢谢了。"

"这是你弟弟妹妹吧？"

初时看了眼任远和任佳佳，说："是。"

任远皱了皱眉，有些不悦地看着那个男人，只听他又说道："方便的话可以加个好友吗？"

"这……"当然不方便。初时在心里补充。

任远微笑着对那男人说："不太方便呢，她有男朋友了。"

男人一脸尴尬，对初时说："我就是想单纯地跟你交个朋友，没有其他意思。我是做销售的，多认识些人总是好的。"

初时转过头来，将自己的QQ号给了那个人。

男人走后，任远凑过来低声说："我才不信他目的如此单纯，苏荷，他就是想追求你。"

"你都说我有男朋友了，他还能怎么样呢？"初时语气闷闷的。

任远看出来她有些不高兴，有些纳闷。

难道是觉得自己破坏了她的好事？

任佳佳没心没肺地吃着"敌军"送来的食物，任远狠狠瞪了她一眼，将寿司塞了满嘴，然后就呛到了。

初时连忙给他递了纸巾，让他吐出来，任远咳嗽了几声才舒缓过来。

任佳佳幸灾乐祸道："哥，你吃那么急干什么？又没人跟你抢。"

任远喝了几口水，懒得理她。

吃完午餐后，初时用矿泉水把盘子洗干净，给方才那人送去，两人寒暄了几句，初时带着笑容走了回来。

趁着任佳佳去卫生间，任远问初时："你喜欢那种类型的男人啊？"

"不一定。"初时回。

"我看你刚才好像有点不高兴，你是在怪我吗？"

"怪你什么？"

"破坏你好事啊。"

"想太多了，任远，我真的不喜欢说谎的人，我记得我以前跟你说过。"

任远恍然大悟，原来是因为这个，他连忙道歉："对不起，对不起，我以后不会了，我当时也是想帮你，我看你好像很为难的样子。"

初时回："我的为难是我要解决的事，不是你说谎的理由。"

任远求饶着："好啦，我知道错了，你原谅我吧。"

初时厉声道："下次别再犯了。"

"遵命。"

初时恢复了笑脸，任远在心里替自己捏了一把汗。

"说真的，那个男人真的不是你喜欢的类型吗？看起来像个社会精英。"

初时认真回答："我以后的恋人可能只会从朋友中诞生，我没有办法跟一个我不了解的人处男女朋友。说白了，我对人的防备心其实很重。"

"那我呢？你防备我吗？"任远一脸紧张。

初时被逗乐，微微笑："你不一样啊，你是我学生，是我弟弟。这也许就是我们的缘分吧！"

163

任远有些失落，但也只是一闪而过的情绪。

他对她而言，只是学生，只是弟弟。

午后的阳光将人晒得慵懒散漫，初时收拾好东西后就躺了下来，她困得眼皮都在打架。

任佳佳跑回来，躺在她身边，初时给她盖上自己的外套，重新闭上了眼睛，很快进入熟睡状态。

任远坐在另一块格子布上，静静地望着她们。

苏荷，我真的喜欢上你了。

你知道吗？

我因为你开心而幸福，因为你不开心而紧张。

见不到你的时候想念你，见到你的时候心就会像小鹿乱撞一样。

我不敢想象，如果未来你不能喜欢我。

我很害怕，有一天，我终会打破这份平静，告诉你我的心意，然后你就远离我了。

所以，苏荷，求你快点喜欢我，好不好？

初时这一觉睡到下午四点多。

周围踏青的人大多回去了，公园渐渐变得安静起来。

初时坐起身来还有些懵，她的身上盖着两件外套，一件是她自己的，一件是任远的，她看了看四周，任佳佳和任远坐在一棵桃树下编花环。

任佳佳得意地笑，走过来："苏荷姐，我编的好看吗？"

"好看。"

"那我给你戴起来。"任佳佳踮起脚尖，将初时的帽子拿下，把花环戴在了她头上。

初时虽然觉得有些幼稚，但是好在周围没什么人了，也说不上丢人。

任远拿出手机，偷偷给初时拍了一张照片，然后默默藏好。

初时把外套丢给任远："穿上吧，别着凉了。"

任远听话地穿上外套，又听初时说："你怎么不叫醒我？我都睡过头了。"

任佳佳抢着说："我哥说你最近为了家人生病的事情忙碌一定累坏了，说让你多睡会儿。"

初时有些感动。这的确是她这些天来睡得最安稳的时候了，没有做噩梦，很平和舒适。

"时间不早了，我们回家吧。"

"好，我来收风筝。"

初时抬头看天空，从包里拿出水果刀，割断了风筝线。

"苏荷姐，风筝飞走了。"任佳佳一脸不解。

初时笑："在我的家乡，放风筝是为了放走这一年的霉运，就让风筝把霉运带走吧。"

"原来如此啊。苏荷，希望这个风筝能够带走你所有的霉运。"任远说。

"谢谢你，任远。"

初时在公园里招惹的桃花运，让她困扰了好一阵子。

销售男士名为章清，已经工作三年，声称是业界精英，加了初时为好友后，每天早晚问候，保持着适当的距离，一开始初时还会礼貌性地回复几句，后来他想追求她的目的显露，初时就对他隐身了。

任远笑她自作孽不可活，当初就不该把号码给那个人。

初时觉得无奈摇头。其实像孙礼和林伟西这种摆明了态度要追求她的人，初时向来处理得很决绝，从不心软，但是像章清这种一开始表现得纯良无害的，初时降低了防备心，再处理起来，就觉得自己蛮伤人的。

这一天，补课结束后，任远要留初时吃晚饭，初时的电话适时响起，拒绝了任远的好意，边出门边接了电话。

因着田桂香的事情，初时与她母亲的关系有了很大的改善。

付梅几乎每隔两天都会给初时打来电话，聊天的内容一开始是围绕着田桂香的近况，后来渐渐的，母女之间也会说些日常的琐事，比如付梅很关心初时的恋爱情况。她很纳闷女儿长得这么漂亮，怎么就一直单身。

初时告诉她："我没想过要和别人一起走一辈子。"

"为什么？"

"没有为什么。"她对未来太茫然了。

"小初，我总觉得你给自己太大的压力了，你背负太多，妈妈很希望有个人能够陪着你面对这一切，在你伤心难过的时候给你支持安慰。我不想你总是躲着默默哭泣。"

初时没忍住流下了眼泪。

"谁能陪我一起面对这些困局？我不想拖累别人，我欠下的债我自己还。"

付梅有些急了："你怎么就这么固执？"

"像我爸啊。"她的坚强与固执都传承她父亲。

两人一阵沉默后，结束了通话。

初时正好出电梯，站在家门口。

平复了心情才开门进去。

就像她曾说过的，如果田桂香需要她的肾，她会义不容辞地奉献出来。

这都是她应该做的事情。

她的未来有那么多不确定的因素在，她又怎么敢谈恋爱？

Chapter 7

/你总是在做别人都不会对我做的事/

只是明白了一些从前不明白的，理智，懵懂。

只是遇到了一辈子不该遇到的，好的，坏的。

只是不再执着于问为什么，懂得，不懂得。

只是没有勇气再去追逐，想要的，不想要的。

幸福与悲戚，一念之差。

痴念，妄念。

不甘心，不愿意。

仿佛长大许多。

二十一岁，你好！

暑假的时候，初时过了一篇长篇稿子，仅仅只有三万字正文加全文大纲，她的编辑就对这篇稿子大加赞赏。倒也在她的意料之中，因为，她准备了许久，对这篇小说投入了很深的感情，里面有她无法对人诉说的心事与秘密，有时候在半夜写着写着，会痛哭出声。

　　故事中虚构与真实各占一半，真真假假，让人分辨不清。

　　女主的人物设定借用了初时自己的亲身经历，一辈子用着别人的名字，无法做自己。与现实不同的是，她给了故事中的"苏荷"一个最美的结局。而男主的外貌原型是苏亮，与女主发生了一段感人的爱情故事。孙礼、林伟西这些人也都被她写进了故事，扮演着各自不同的角色。

　　这本书里有她的希冀。

　　——好人都幸福美满，坏人都能绳之于法。

　　为了写好这本书，初时整个暑假都泡在南城大学图书馆里，当然还带着她的学生任远。她每天都带着笔记本到图书馆找个角落坐下，任远的位子被她安排在对面，她给他布置好作业后，就全神贯注地写故事。

　　任远以为她是在写论文，后来初时的表现有些神秘，半点风声都不透露。有好几次任远趁着初时去卫生间时，偷偷打开她的电脑，想一探究竟，但无奈设置了密码，只能悻悻回到座位继续做题。

交稿那日，外面下起了大暴雨，图书馆里除了勤工俭学的同学外就只有初时和任远。

任远做了一份试卷，错了一些题目，初时正在给他讲解。孙礼和林伟西会出现在图书馆，令初时感到很意外。

一周前，孙礼回来南城就给初时打了电话，他激动地说他的支教生涯结束了。

他问初时什么时候有时间见个面吃个饭。

初时当时正在昏天暗地地赶稿子，自是回没有时间。倒真不是敷衍，毕竟上次答应过要请孙礼吃饭道谢的，已是半年之久。

她打算交稿后再约他吃饭，没想到他先找上自己了，真是凑巧得很，她今天恰巧交了稿，兴奋。

这两人头发都被淋湿了，因为没打伞。

"找到你可真不容易啊。"孙礼感叹。

"你们怎么知道我在图书馆的？"初时纳闷。

"学校 BBS 上有你的照片啊，女神兼学霸放暑假了还在图书馆里用功，真是给人增加压力。"

初时鲜少上论坛，都不知道自己被拍了照，那些人可真够无聊的。

孙礼说："苏荷，你可在之前答应过我要请我吃饭的，我来找你吃饭的。"

"任远，今天先到这里吧。"

"这是你做家教的学生吗？长得还挺青涩的。"林伟西调侃。

"任远，叫哥哥们。"初时说。

任远不情愿地叫人。

"真乖。"孙礼揉了揉任远的头发。

你总是在做别人都不会对我做的事

"读高几啊？"林伟西问。

任远答："高二。"

"跟哥哥们一起去玩吧？"林伟西随口说。

任远看了看初时，想征求她的意见，其实他内心是非常希望跟着他们一起去玩的。毕竟这两人看起来都对初时存了别的心思。

"一起去吧。"初时说。

任远笑着说："好。"

孙礼的车停在学校随园路上，离图书馆有一百米的距离，雨下得很猛。初时把伞让给了孙礼，自己跟任远打一把伞，孙礼把车开到玫瑰园，初时将电脑和任远的作业一起放回家。

因为距离吃晚饭还有些早，孙礼提议去开个包厢唱歌。

提及唱歌，任远说："我一个朋友唱歌特别好听，能让他也过来跟我们一起玩吗？"

"今天苏荷是付钱的人，她说了算。"林伟西说。

初时笑着点头，"人多热闹些，叫他来吧。"

得到准许后，任远给龚行之打了电话，给他报了地址，让他赶紧过来。让龚行之过来，任远是存了私心的，对方两个人，他这边也得有两个人，气势上才不至于输啊。

初时最近因为写稿心情变得有些压抑，适当的放松是必要的，所以她今天也打算敞开了心扉玩个痛快。

林伟西点了啤酒和洋酒，将红茶饮料兑进洋酒里，给初时倒了一杯。

初时闻了闻味道，一口喝光，虽然喉咙火辣辣的，但也只是短暂感知。

孙礼正在选歌，任远躲在角落里给龚行之发信息，大致意思是让他今天好好表现，不管是酒量还是唱歌方面。

初时递了一瓶红茶饮料给任远，被林伟西鄙视了。

"喝什么饮料，直接喝酒啊。"

初时提醒："他是高中生啊。"

"啤酒啤酒，这总不至于太过分吧。"

"不行。"

林伟西觉得无语："苏荷，你用得着管他管这么严吗？他有自己的判断力。出来玩就是要开心尽兴。"

初时看向任远，面无表情地问："你要喝吗？"

任远笑笑，摇摇头："不喝。"

只要你不许做的事情，我都不做。

初时得意，对林伟西说："看吧，我们任远是好孩子。"

林伟西撇撇嘴，"没意思。孙礼，我们来喝。"

"今天我要开车啊。"言下之意，他今天要负责送人。

"找代驾就好了，你要是再不喝，多没意思啊，你看初时都喝酒了。"林伟西突然想到了什么，问初时："你酒量如何啊？"

"不知道。"她上次醉酒，都记不清自己喝了多少酒了。

孙礼把麦克风递给初时："听说你唱歌很好听，今天让你做麦霸。"他为不能参加那次的元旦晚会而觉得可惜。

难怪要来唱歌，初时明白了。

不过她今天对唱歌没什么兴趣，只想喝酒，但看在孙礼的面子上，还是唱了他选的两首歌，然后把麦克风传给了林伟西，这时恰巧龚行之被任远带进包厢里了。

初时还是蛮喜欢龚行之这个男生的，招呼他坐在她身边。

你总是在做别人都不会对我做的事

龚行之看任远喝的是饮料，闷头笑了。

初时正要将一瓶饮料递给龚行之，他开口说："姐姐，我想喝啤酒。"

孙礼看到初时瞪大眼睛的样子笑了笑："上道。这孩子，我喜欢。"

龚行之冲着孙礼笑。

此时林伟西正撕心裂肺地喊着："死了都要爱……"

因为嗓子破音，初时他们的耳朵受到了荼毒，林伟西转过身，很不好意思地说："见谅，见谅啊。"

孙礼随口说："习惯了。"

林伟西用手指指了指孙礼，然后咧嘴笑，娇羞道："懂我。"

每个人轮流唱了几首歌后，龚行之和孙礼、林伟西玩起了行酒令。

这个初时不懂，所以抿着酒在一旁看着。

一会儿工夫，孙礼和林伟西就被罚了好几杯酒，这个龚行之还蛮厉害的。

到最后，林伟西看孙礼已经醉得躺在一旁，趁着自己还有点理智，给他的好朋友秦颂打了电话，让他来救场。

"呵，说什么要做司机的，结果是第一个倒下的。"林伟西踢了踢孙礼的腿，随即瘫坐在地上。

初时默默喝了不少酒，已经醉了，不过就算喝醉了也还是安安静静的，不吵不闹地坐在一旁。

龚行之激动地对任远说："怎么样？我棒吧。"

任远佩服至极，对他竖起了大拇指。

"现在还吃晚饭吗？"龚行之问。

"都成这样了，还吃什么晚饭？"任远边说边把初时扶起来，将她背了起来。

龚行之见任远要走，忙问："就这么走了啊？这俩人怎么办啊？"

"他不是叫了朋友来接他们。"

"也对哦。"

于是两个清醒的人带着初时先行离开了。

外面天已经黑了，上下班的时间点，路上堵成了长龙。

龚行之帮着拦了一辆出租车，初时一上出租车就倒在了任远的肩上："任远，我很难过。"

她还记得他的名字，任远不知道她的意识到底是清醒还是不清醒。

因为交通拥堵，车子慢慢挪动。初时哭了，嘴里呢喃道："一个人为什么可以这么悲伤呢？"

其实任远也能够感受到最近她的心情并不美丽。

她不太会笑了，总是心事重重的样子。

答案或许就在她的电脑里。

那个她敲字敲了很久，凝神贯注看着的文档里到底藏了什么，任远不得而知。

平日里只需要二十分钟就能到的路程，因为堵车花了一个小时。

下车后，初时身体飘忽有些站不稳了，任远果断地将她背在身后，一步一步往家走。

初时变得安静起来，她泪眼蒙胧地看着这个少年，带着哭腔："任远。"

"嗯。"任远答应着。

"从我记事开始，从来都没有人这样背过我，可你已经背了我两次了。"

"是吗？"任远的嘴角不自觉地扬起。

"嗯，连我爸都没这样背过我。"

"那被人背着的感觉如何？"

初时做认真状，回答说："像是得到了全世界。"

任远呵呵笑着。

"你总是在做别人都不会对我做的事情。"

"比如呢？"

"比如，送我一堆礼物啊，送我喜欢的手链。"说着，初时抬手放到任远眼前，"你看，我戴着你送的手链呢，真的很适合我，很漂亮。"

"我看到了。"所以我很开心。

"任远，这条回家的路怎么这么远。以前都没觉得，你累不累？"

任远的额头已经满是汗："不累。"

"任远，你真好。"

你知道就好。任远在心里说。

苏荷说自己从未被人背过，任远是第一人。而任远也想告诉她，他除了苏荷外也从来没有背过别人。

他自小生病，侥幸活了下来后，就被人呵护小心翼翼地长大。没人叫他做重事累活，怕他再生病。这些年，他事事依靠着别人，却没有想到自己有一天也会被人需要，而被人需要的感觉是这样美好。

他的气力一天天变大，大概也正是为了能够在这样的夜晚背着苏荷回家做准备。

清冷皎洁的月光将他们的身影拉得老长，初时怯怯地趴在任远的肩膀上，望着两人移动的影子发呆，打了好几个哈欠。

任远突然问："苏荷，你为什么会难过呢？"

"为什么会难过？呵呵，我跟你说哦，我好像被这个世界抛弃了，我就像一座孤岛，什么事都只能靠自己，可是我自己，也不是那么无坚不摧的，我早就伤痕累累了。我也想像任佳佳那样被人保护着长大，但我只有我自己，特别孤单。所以，我好羡慕她。"

"你一点都不孤单啊，你还有我。"最后一句话，任远说得很低声，初时没有听清，不过她也没有精力去追问，因为她的眼皮在打架，她实在太困了。

有一句话初时说得很对——这回家的路实在是太远了。

等到任远将初时送到家，他已经累得筋疲力尽了。

室友颜颜开门，看到喝醉了的初时，很是震惊。

"她怎么了啊？受什么刺激了？"同住一起，这还是第一次看到初时如此失态。

"心情不好，就喝酒了。"

"你跟她一起喝的啊？"

"我没喝。"

把初时安顿好后，任远给她倒了一杯水放在床头柜上，颜颜一旁打趣道："没有想到你还挺会照顾人的，小弟弟。"

任远笑笑，然后到客厅拿了自己的习题册回家去了。

175

清早，初时被电话铃声吵醒，她头疼得厉害。

孙礼的声音是嘶哑着的。

"苏荷，你怎么能这么对我？"

初时觉得莫名其妙："我怎么对你了？"

"你怎么能把我和林伟西送到医院来？我们不过就是喝多了酒嘛。不想送我们回家放 KTV 就行了啊。"

"我没有啊。"初时无辜地说，"昨晚我自己也喝多了。"

"不是你吗？难道是你的那个学生吗？简直太不厚道了。"孙礼抱怨着。

他一早是被护士查房吵醒的，看着眼前白色的病房吓了一跳，再

你总是在做别人都不会对我做的事

一看旁边的林伟西一动不动地躺着，还以为他喝酒喝出了什么事，忙跳下床去拍醒林伟西，结果那人一点儿事都没有，面对这情形也是一脸懵。

到底是谁对他们开这样的玩笑？他们最先想到的是苏荷。

把喝醉酒的人送医院，这事是任远做的？初时觉得诧异。

"我打电话问问啊，你消消气。"初时安抚道。

"这孩子我见到他非揍扁他不可。"孙礼恨恨地说。

不过，初时打电话问了几句，就猜到谁是罪魁祸首了。

而经初时提醒，林伟西终于在自己的手机里看到了他最后的拨打记录。

秦颂。

真是个不折不扣的损友。

176

在林伟西的那通电话后，昨晚秦颂的确是用了最快的速度赶到KTV，不过在见到两个沉睡的朋友后，心想这还救什么场，直接"收尸"呀。

于是他直接给医院打了电话，让他们派了两辆救护车，将人拖到医院醒酒去了。

最后孙礼有没有把秦颂揍了，初时不得而知。

而她隐约记起昨晚最后发生的那些事，她对任远说的那些话……

简直是要命。这让她以后怎么面对任远？实在是太尴尬了。

不过后来，任远只字未提那晚发生的事情，初时原先的尴尬也就烟消云散了。

但终究是有什么东西在心底生了根发了芽。

原来自认为刀枪不入的任初时，一遇温暖也会融化。

南城大学开学后，学校里到处都是穿着迷彩服的大一新生，一张张青涩稚嫩的脸，让人看着都羡慕。

一连下了几天的雨，师兄师姐们不淡定了。

想当年，他们可是顶着三十八九度的高温在操场上整整被军训教官操练了一个礼拜，个个晒得跟非洲回来的一样。那时候老天爷都不眷顾，一个下雨天都没遇到过。

军训期间，各大学院的学生会和各种社团也开始贴出海报招新了。

林伟西作为法学院新晋学生会主席可谓出尽了风头，新生们大多仰慕他。

孙礼结束了一年的支教生涯回来上课，却比林伟西他们小了一届。

林伟西挖苦他，想不开要去吃那苦。

孙礼苦笑，满脸鄙视道："你懂什么？我那叫情怀。"更何况，那时候，他在逃避自己的感情，满心以为只要见不到心上人了，自己就能获得新生，却都是徒劳。

开学两周后，孙礼邀请原来班上的同学一起聚餐。

大家都算给他面子，人来得很齐全。

有人惊讶："还是孙少面子大，连咱班苏荷都来了。"

孙礼乐在心里。

安排座位的时候，林允、宋智、杨天籁和初时都被安排在了男生桌。

其实初时能够感觉得出来，班上其他女生很不喜欢她们四个的。

至于原因，多多少少能够猜得出来。

初时太冷漠，林允太高傲，宋智太跋扈，至于天籁，纯粹是受她们仨连累。

班上这帮人整整坐了五桌，酒足饭饱后，服务生突然推出了一个巨型蛋糕。

177

孙礼起身，来到初时身边："我记得今天是你生日吧！"

初时像被他扔进了一个寒潭里，周遭冷得直入骨髓，而她看向孙礼的目光也越来越黯淡。

"不是，你记错了。"

孙礼笑了，他可是偷偷看了她的身份证的。

"别不好意思了，我知道今天就是你的生日，"孙礼凑到她耳边说，"我是为了你才组织班级聚餐的。怎么样？惊喜吧。快起身吧，不然我多没面子啊。"

初时握紧了拳头，咬紧了牙，在心里告诉自己：就当是报答他之前的恩情。

孙礼牵着她的手来到蛋糕前，宴会厅的灯关了，周遭一片黑暗，只余蛋糕上的蜡烛光芒，整整插了二十一根。

孙礼为她唱生日歌，然后初时闭眼许愿吹蜡烛。

整个过程，她的脑袋里都是一片空白，她就像是个机器人，机械地做着这些动作。

宴会厅的灯再次被打开。

班上同学开始起哄，孙礼笑得一脸暧昧，手很自然地搭在初时的肩膀上，初时忍着所有的愤怒，陪他演了这场戏才回到座位。

林允冷嘲道："孙少真是把我们大家都当成了傻子，原来是醉翁之意不在酒啊。"

孙礼不客气地回："林允，你至于么？不就顺便过个生日么？"

"你有什么立场给苏荷过生日？男朋友吗？别一厢情愿自作多情了。我可都知道了，你们什么关系都不是。"

杨天籁觉得头皮发麻了，抱歉道："不好意思，我之前说漏嘴了。"

初时觉得自己是待不下去了，拿着背包，离开了宴会厅。

孙礼追了出去。

林允满脸不屑道："我就搞不懂了，那个苏荷有什么好的，值得他这样放下身段吗？"

宋智悠悠开口："大概得不到的才是最好的。"说完，她偷偷看了一眼林伟西。

林伟西表情严肃，一直沉默在旁。

他似乎没有立场说任何话，就连维护苏荷都不行。

因为孙礼和林允他们从来就不知道，他林伟西也喜欢这个女孩。

有时候他真的挺羡慕孙礼的，因为孙礼可以名正言顺地给苏荷惊喜，替她出头，而他不可以。

喜欢苏荷这件事，现如今只有苏荷自己和秦颂知道。

一旦被孙礼知道，林伟西想，他和孙礼这段从小一起长到大的友谊也就走到尽头了。

酒店外面，孙礼紧紧抓住初时的手臂："你生气了吗？"

初时深吸了口气，吼道："孙礼，你是我的谁啊？你有什么立场为我做这些事情？"

"我想给喜欢的人一个惊喜，这有什么错？"他顺便还想昭告全班，她苏荷是他孙礼的女人，他们碰都碰不得。

可我并不开心。因为，你提醒了我，今天是苏荷的生日。

"是，你没有错，一切都是我的错，行了吧？"初时不想跟他争辩下去，摆脱开他的手，跑开了。

孙礼的右手紧紧握着的盒子，她始终都没瞧上一眼。

苏荷，为什么你始终都不能给我机会？我到底哪里不好了？

他绝望地垂下了眼。

初时在回家的路上，去蛋糕房买了一个小蛋糕和一些蜡烛。

她把自己关在房间里，关了灯，借着手机的光亮，将蛋糕取出来，插上二十一支蜡烛，点亮。

"苏荷，生日快乐！"

说完这句话后，初时的情绪就彻底崩溃了，眼泪涌出眼眶，她用手紧紧捂住自己的嘴，怕发出声音，被门外的人听到。

直到蜡烛燃尽，房间里再次变成漆黑一片，苏荷才止住痛哭。

哭累了后，她将脸埋在膝间，双手紧紧环抱住自己，仿佛这样就有了力量。

苏荷，我都不知道自己是谁了。

若干年后，她的这些同学记着的是苏荷，而不是任初时。

谁又知道任初时是谁呢？

任初时。

死在了那场大火里。

死在了 18 岁。

初时将自己关在房间里整整一天，手机因为没电而关机。

她做了这么多年的好学生也终于逃了一次课，不知道学委会不会把她名字报给指导员，给她记过一次。她想了想，又觉得这些都是无关痛痒的小事，就不甚在意了。

任远来家里找初时的时候，她正因为胃疼蜷缩在床上。

家里，颜颜和慧慧都还没回来，任远按了一阵子门铃都没人来开门，再打初时的手机，依旧是关机状态。

正当任远要离开的时候，门被打开了。

初时惨白着一张脸狼狈出现，吓了任远一跳。

"你生病了啊？"

"嗯，今天不给你补课了。"

"身体哪里不舒服？"

"胃疼。"外加连生理期都提前来了，简直是雪上加霜。

初时一败涂地。

"要去医院吗？"

初时摇头，自暴自弃地说："不要紧，休息一下就过去了。"

"还是去医院吧。"任远又说。

初时敷衍道："我知道了，我明天就去医院。"

"你胃疼还睡得着啊？"

"睡不着就不睡呗。"初时无所谓地说着。

任远抬手看了看时间："走吧，我陪你去医院。"

他的手很自然地拉住了初时的手向外走，初时看着他的后背，被拖着走了几步路，有些尴尬地用力甩开了。

任远怔住了，转过身："怎么了？"

少年的无心之举，却令她怦然心动。她的身体突然一阵寒战，让她忍不住哆嗦了一下。

初时扯出一抹笑容："很晚了，你回去吧，我一个人可以。"

任远有些生气了："苏荷，生病的时候就该软弱一点儿，如果连生病，你还要故作坚强，你累不累啊？"

初时冷笑："累啊。"

任远担忧地问："你最近真的很不对劲，究竟出了什么事？"

初时摇了摇头。

谁都帮不了她。她又何必说出口呢？

任远只当她是生病了，免不了要胡思乱想，无奈地说："既然不去医院，那药总要吃吧，我去帮你买药。"

"任远，你不要对我好。"初时的眼泪一下子涌了出来。

她几近崩溃地蹲在地上痛哭出声，任远有些吓傻了。他蹲下抱住了初时，拍拍她的肩膀，给她安慰。

哭完之后，初时就发烧了。

这下子，她想不去医院，任远也坚决不答应了。

在医院里，任远为她跑前跑后，交钱拿药，看着护士给她插针输液，她躺在病床上闭着眼睛，因为难受眉头紧紧皱着。

她的脸色苍白，任远看着心里一阵心疼。

病倒如抽丝，初时直接住进了医院，持续不断地发烧，连医生都说不出个所以然来，所有的检查都做过了，似乎并没有什么异样，最后只每天输些抗生素保守治疗。

初时生病的事情，林伟西第一时间告诉了孙礼。

孙礼一直都没觉得自己做错，所以那日之后就再也没有主动联系过初时，现在知道她生病住院了，真是又郁闷又焦急，连课都没上就赶去医院看望初时了。

初时的病床靠近窗边，她的耳朵里塞着耳机，手上扎着针在输液，孙礼拎着花和果篮轻声慢步地走进病房，看到这样面无血色的初时一阵心疼，也不知道她是不是睡着了，放下花束和果篮后，他将椅子无声地移到病床前，坐下静静地陪着。

看着输液瓶里的药水快要滴完时，孙礼按了床铃，很快护士过来拔针。初时因护士的动作醒来，蹙眉睁开眼的时候，看到了孙礼，他低头认真地按着初时手上止血的棉签。

初时甚是意外，取下耳机，连忙坐起身，"你怎么来了啊？"

孙礼眼疾手快地握住初时要抽离的手，没好气地说："别动，你想让血流出来啊。"

初时停了动作，面露尴尬地看着他。

孙礼慢慢地等着时间的流逝，然后才不紧不慢地拿掉了棉签，扔进了垃圾桶里。

"是我把你气病的吗？"孙礼问。

初时摇摇头，其实冷静下来后，她感到很内疚，孙礼又有什么错呢？他高高兴兴地给自己庆祝生日，因不了解内情就要被她怪罪吗？那自己是不是太过分了？她刚想要说对不起，就被孙礼制止了，示意她先听他说。

"苏荷，我还以为这次终于可以理直气壮地生你的气，然后慢慢地忘了你这种没心没肺的姑娘。可是，你为什么要生病呢？知道你生病，我心疼，就不舍得生你的气了……"孙礼缓缓说道。

"孙礼……"

看到初时一脸自责的样子，孙礼倒是释然地笑了："我以后都不会再纠缠你了，我这样只会把你越推越远，我们就做朋友吧，这样我才不会失去你啊。"

"这样你不会感到痛苦吗？"

"就让我留点希望给自己，只要我留在你身边，也许有一天你就会爱上我呢。苏荷，不要连这点希望都不给我。"

"好，孙礼，我们就做朋友，你会是个不错的朋友。"初时扯出了一抹笑容。

说出了自己想说的话，孙礼一颗提着的心终于落了下来。

至少还是朋友。

"你快点好起来吧，现在这样，真的很丑。"

"嗯。"

你总是在做别人都不会对我做的事

初时的二十一岁生日是在医院病房里发呆度过的。这一天，天籁、颜颜、慧慧都来探望她，她们都不知道，今天对她而言的特别之处。

不过，这晚结束前还是有些惊喜的。

她正准备入睡时，接到了任远的电话，让她到窗户前，看楼下。

初时狐疑地走到窗边，外面漆黑一片，不过路灯下的两个少年是那样的遥远璀璨，他们手抓着烟花棒，笑得天真烂漫。

初时的心似乎开了一道口子，那股暖流将她原先的冷漠疏离都冲散了，她抑制不住地笑出声。

不多久，天空中接连不断地绽放着绚烂的烟火，虽转瞬即逝，但初时还是流下了幸福的眼泪。

任远和龚行之大喊着："生日快乐！"

这是任远为她庆祝的第二个生日。

在医院的住院区。

不过，他们后来被保安追出了两条街，好在没有受伤，回到家就给初时报了平安，有惊无险。

似乎从那一天起，初时的心情开始恢复往常。

发烧不再反复，失去的力气也在渐渐回到身体里。

也许是因为那一晚的烟花。

也许是她接受了心理医生的治疗，用药物干预心情的原因。

十月份的时候，任远的学校开运动会，任远报了两个项目，撑竿跳和三级跳。这是他第一次参加运动会，所以邀请了初时去学校看他比赛，给他加油打气。

对于高中生来说，运动会是重在参与不在乎拿奖的，因为有那么多体育特长生在，对一般学生来说简直就是一种残暴碾压。

任何体育比赛项目的前三名通常都被体育特长生包揽下来了。当然三级跳和撑竿跳也不例外。

初时安慰他，能够有勇气报名就已经很好了。

任远比赛结束后，跟初时离开了学校。他神秘兮兮地对初时说要带她去个地方。

那个地方跟学校在同一条街，走十分钟就到了。

是一家宠物店。

初时纳闷："来这里做什么？"

"进去就知道了。"任远故作神秘。

初时跟着他走进宠物店，店长似乎认得任远，冲他笑："今天要接走了吗？"

"是的。"

"我上午刚给它洗了澡做了美容。"

"嗯。"

店长走到一个笼子前，将里面一条雪白的萨摩耶幼崽抱了出来，交给任远。

任远温柔地抚顺萨摩耶的毛，问初时："好看吗？"

"好看。"

"龚行之家的大狗生的，没地方送了，硬是要塞给我一条，我爸妈都不喜欢在家养小动物，我就只好先寄养在宠物店了。那天你不是说你很孤单么，那就送给你养吧，正好让它陪你。你想说话的时候就对它说，保不准它能听懂，朝你叫唤几声呢。"

原来那日她说的话，任远都听进了心里。

初时心里五味杂陈。

她微低下头，眼中的雾气散了又聚。

她很想对他说：能不能不要对我这么好？

但她开不了口。

因为内心已经起了一分贪恋，想要更多的好，更多的温暖。

只是心里又有另一种声音。

——那是任远啊，你不该有非分之想。

初时仿佛又恢复了些理智。

是的，那是任远。

一个比她小上一些，与她隔着千山万水，有着美好未来的明亮少年。

后来初时给那条狗取名：贵喜。

任远一路抱怨："怎么可以取这样一个名字？多俗气啊。"

"这是我的狗，我爱取什么名就取什么名。"初时回。

任远笑笑，讨好地说："狗也是有自尊的，咱换个名字吧。"

"用前辈的话说，取个贱名，好养活。"

"行，你高兴就好，我们贵喜真可怜。"

"这是公狗还是母狗？"

"母的吧。"

"那我得看好它了，别被其他狗看上了。"初时一脸谨慎地说。

"等它长大了，我们带它去做绝育手术就好了。"

"我才不要，那多残忍啊，我怎么可以剥夺它做妈妈的权利？贵喜，贵喜，你慢点长大吧。"初时揉了揉狗的头，温柔地说。

"那好吧，你高兴就好。"

养狗的前期真的是一个很累的过程。刚开始的一个月里，初时为了训练贵喜养成良好的如厕习惯，不知道铲了多少大便，拖了多少次地，扔掉了多少地毯，就在初时实在忍无可忍，要把贵喜送还给任远的时候，贵喜便不再随地大小便了，这让初时终于松了一口气。

贵喜长大一点儿后，初时每天都要花时间牵它出去，小区里其他狗看到贵喜就疯狂地叫，贵喜吓得瑟瑟发抖。

初时有些心疼地抱起贵喜，"真可怜，还没长大就见识到了这个社会的黑暗。"

自那之后，初时都会给贵喜吃很多东西，贵喜当然没叫人失望，几个月的时间就长成了大狗样子。

而在贵喜逐渐长大的期间，初时的周边也发生了许多事情。

比如颜颜和慧慧都离开了南城，初时开始在学校 BBS 上找室友，却都是男生留言的居多，某日她在家等着两个女生来看房，结果却是孙礼和林伟西。

孙礼很无辜地说："要来租房的是我同班同学，我来帮她们看看房子怎么了？"

初时警惕道："不行。"谁知道最后住进来的是谁。

最终，她去删了帖子，不招室友了。反正还剩一年时间，这租金她还能承受，最重要的是她也怕遇到性格奇葩的室友。

又到暑假期，整个学校的准大四生好像都疯了，大家都窝在图书馆里看书不回家，为了考研抑或是司考。法学院的几个班，暑假报名司考培训班的就占了三分之二。大家似乎都为了自己的未来而拼尽全力。

初时在迷茫的期间，也报名司法考试，她打算什么都试试，司考、考研、考公务员，指不定这里面有一条路是她未来要走的路。

而在这样辛苦的日子里，每周去超市大采购居然成了初时最幸福的事情。

任远每次都充当着她的免费苦力，他们推着车在人群中晃荡，初时看到这个碗筷好看想买，看到那个花瓶好看想买，看到这套茶具不错想买，统统都放进了购物车里，任远嬉笑着，觉得她的眼睛里都发着光。

但最后，她又让任远给她放回去了。虽喜欢，但似乎要有个家，才有资格填充这些喜欢。

家，对初时来说太过遥远了。

然而，她的黯淡心情并未持续多久，身边的任远就吵着要吃她给做的糖醋排骨了。

"你今晚又不回家吃啊？"

"不。"

初时扶额，去买排骨。

回到初时家，任远在客厅里做完一套试题后，肚子饥肠辘辘，来到厨房洗了洗手，转过头问初时："需要我帮忙吗？"

"帮我把西红柿洗了，切成片。"

"我不爱喝西红柿蛋汤。"任远控诉道。

初时不理会："谁管你啊，我爱喝就行了。"

任远撇撇嘴，认真洗了两个西红柿，把它们切片装在盘子里，撒了点糖，拌了拌，得意地对初时说："西红柿这样吃才好吃。"

初时看到少年如此得意，只是摇头。

两个人，两碗白米饭，三菜一汤，面对面坐着，贵喜在桌子底下摇着尾巴，灯光微亮朦胧，窗外是万家灯火，气氛温馨和睦。

所有的一切美好得令初时都有些恍惚。

像家的感觉。

不知道从哪一天开始，初时再也没办法认真直视任远的眼睛，她总是躲闪他投射给她的目光，他们的每一个不经意的肢体触碰，她都无比在意，她一边享受着他的触碰，一边感到心虚。

她知道，某一种情愫已经在心底生根发芽了。

而她越是压制，这种情愫就会越凶猛地吞噬她。

"你发什么呆呢？"任远的手在初时眼前摆摆，初时尴尬地回过神来，笑了："我没发呆啊。"

任远无奈："不承认拉倒。"

"苏荷，你曾经说过你以后要找一个能一直把你当孩子一样宠的男人，你找到了吗？"

初时有些尴尬："你怎么还记得这件事啊？我只是随口说说的。现在想来真是有些幼稚，不知天高地厚了。"

任远在心里无声地问："那我对你所做的事是不是一种宠爱呢？"

没有答案。

鉴于上一次任远吃了一整盘的糖醋排骨，初时这次给他在盘子里划了一道五五线，这一边是任远吃的，另外一边是初时的，谁的筷子也不准过线，不然就多做一套试卷。

任远埋头认真啃着排骨，初时心满意足地笑。

吃得差不多时，任远抬头问："苏荷，毕业后你会离开南城吗？"

如果他早一点问初时这个问题，她的答案是不会，毕竟已经待了四年了。

但现在，不一样了……

因为她产生了不该存在的感情。

这就另当别论了。

初时将嘴里的骨头吐在盘子里，用纸巾擦了擦嘴，然后才认真回答："应该会离开吧。"

"你成绩年年第一，应该可以保研吧？"这样她肯定就留在南城了，任远心中窃喜。

"你不知道现在学术界是很腐败的吗？没钱没地位单靠实力不够，得靠运气。"

任远失落地问："那你要回去建设家乡吗？"

"不会。"初时斩钉截铁地说。扬城虽是家乡，但那里发生了太多不好的事情，初时本能地逃避那里。

"那你要去哪里？"

"我不知道啊，到时候再看吧。"

任远用筷子夹了一块属于初时的排骨，脱口而出："我不管，你去哪里，我就考去哪里。"

任远和初时同时怔了怔，正当任远懊恼自己说错话时，初时笑得明媚，问："就为了好吃的排骨吗？"

"对啊，就为了这么好吃的排骨。"

"你真是个吃货。"

暧昧气氛缓解，任远偷偷瞄了一眼初时，在心里给自己捏了一把汗。

任远又问："不能留在南城吗？"我不想你走，我想你留下来。

初时笑："我就像风一样，你见过风会停留吗？"

"那就不要做风嘛。"

"任远，有很多事都不是我们自己能做主的。"

"那你什么时候才能做决定呢？"任远希望她能在他高考填志愿前确定下来，这样他才能有所打算。

"你就别想着跟我走了，你爸妈都希望你在南城大学读书，然后去澳大利亚读研，到时候你们一家人都会移民去那里的。"

"世事难料，谁知道到时候的变故呢。"

"会有什么变故？你爸妈给你的安排很好。"

"苏荷，那你未来想做什么工作呢？"

"谁付的薪水高，我就做什么工作。"

"你真是个小财迷，之前问你的梦想是什么，你说要挣很多钱，买大房子。一点儿都不可爱。"

"不可爱就不可爱咯。"初时无所谓地耸耸肩。

两人吃完晚饭后，初时去厨房洗碗，任远则把骨头倒进贵喜的狗碗里，看着它嘎吱啃着。

十分钟后，初时出来看到任远还在陪着贵喜玩，提醒道："任远，很晚了，你可以回家了吧。"

任远拍拍手起身，冲着初时笑："你忘了吗？我多吃了那么多排骨，要多做一套题的。"

初时张大了嘴："哈？"

任远一本正经地走到桌前拿出了一套数学卷子做起来。

初时看了看壁钟上的时间，拿出手机给任妈妈打了电话，跟她说任远今天主动要求做两套卷子要晚点回家。

任妈妈很是高兴，连连叫好，照任远这用功情形下去，南大是不成问题了。

十二月份的时候，初时的保研果真失败了，不过总算是过了司考，毕业时的奖学金是少不了的，这多少也给了她一些安慰。

去年暑假写的书经过一年半的沉寂也终于出版上市了，初时第一时间收到样书后，将其藏在了南城大学的图书馆里，哦，出版笔名她用了初时。

她好像是在故意较真与反抗，希望能用初时的名字留下些什么。

希望读者看到这本书的时候多多少少能提出这样的疑问：这本书里的故事到底是不是真实发生的啊？

那么她觉得自己就算是成功了。

准备毕业论文答辩的期间，初时将贵喜快递送到付梅家照顾，因为每天这样忙碌，贵喜都被饿瘦了。

付梅打来电话告诉她，任静回来了，要见她。

这是一个遥远的名字。

很多人如果见过任静，就会说初时长得很像任静。

大概十五年前，任静和她男朋友秦川去了美国读书，之后就再也没有回来过。

随着秦川的去世，家人希望她立即回国，她就私自断了联系，后来任家的变故，她完全不知情，也无从知晓。

初时对她这个姑姑的记忆是稀薄的，虽然小时候任静照顾过她，帮她解答过数学题目，但是毕竟隔了那么多年的空白，感情早就淡了。

"她现在知道任家的变故了吗？"

"是，哭得跟个泪人似的。一开始以为你也死了，后来见到我之后，我没忍住告诉她你的情况，然后她说想见见你。"

"哦。"

"你要见她吗？"付梅问。

"那就见吧。"是亲人啊，有什么理由不去见呢？

"其实，我大概也知道她见你的意思。"

"什么？"

"小初啊，如果她让你跟她去美国，你就去吧。"

"为什么？"

"你本该有个更好的未来啊。"

挂了电话后，初时的眼前浮现了那场熊熊大火的情景。

明亮的眸子渐渐变得黯淡无光。

那场大火烧掉的并不仅仅是那四条人命，还有她的希望。

付梅把初时的手机号码给了任静，任静很快就来了南城。

她们约在南城大学附近的一家咖啡店里。

初时显得有些拘束，这样一言不发的尴尬让她坐立不安。

任静脸色憔悴，黑眼圈连粉都没盖住，她搅拌着咖啡，轻声开口说：“你越长越漂亮了，我就叫你初时吧，毕竟让我叫你苏荷，我还真的叫不出口。没有想到，家里会发生那样的变故。”说完这些话，任静的眼睛又红了，她努力不让眼泪涌出来。

"姑姑，你别哭了。"初时的声音也哽咽了。

初时的这一声“姑姑”却让任静的眼泪再也止不住了，遥想小时候她的哥哥是如何对她的，甚至她出国的钱还是哥哥给的，她对这个家的付出实在太少了。

两个人面对面坐着，默默流了很久的眼泪，心情才得以平复。

"初时，我相信那个坏人一定会被抓到的，天网恢恢疏而不漏，他的报应迟早要来的。"

"我知道，我也这样相信着。"

"我听你妈妈说你的成绩非常好，你未来有什么打算？"

"走一步算一步吧。"

"我跟你妈妈提过，想带你去美国，你妈妈也希望你走，你愿意跟我走吗？我发誓我会好好照顾你。"任静殷切地说。

"可是，美国对我来说太远了。"她有自己的顾虑，如果苏荷的父母出了什么事，她都来不及赶回来。

"你知道你妈妈住院了吗？"

"怎么可能？"这几天她们通了好几次电话，并没有什么异常。

"你回去看看就知道了。初时，你妈真的很爱你。"

离别的时候，任静说："我在美国等你电话，我希望你能做出最正确的决定。"

初时的答辩日期就在三天后，她虽然很想立刻奔回去，但到底是不现实的。

她难得打了电话给邵磊，结果，邵磊痛心疾首地在电话里说："任初时，你就是我们家的克星。"然后就挂了电话。

这让她更加担心母亲到底是出了什么事。

那三天，她过得无比焦灼。

初时赶回邵家的时候，在客厅见到了邵磊，还是那派戴着金边眼镜斯斯文文的样子，像个学者，儒雅有气质，然而那双眸子，初时每次看到都觉得不寒而栗。

这个有着大男子主义的男人作为付梅的青梅竹马，年轻的时候因为家里穷苦而错失了心中所爱，自那之后便勤勤恳恳的一门心思赚大钱好抢回付梅，在长久的怨念中，他对付梅的哥哥以及任初时的父亲的恨意越来越深刻，已经达到无法磨灭的地步。

初时的父亲因公殉职后，他就迫不及待地说服付梅改嫁给他，他工厂的生意越做越好，豪车别墅应有尽有，自以为从此以后可以和付梅白头偕老、颐养天年。当然，如果再让付梅给他生个一儿半女就更加完美了。然而，当去医院检查被告知付梅已经不排卵了，邵磊失望难过到极点，却又没办法怪罪好不容易回到自己身边的付梅，只能自行消化这些情绪。

他只要一见到初时就会想起付梅嫁人的那段痛苦的日子，这让他无法正常面对初时。他讨厌这个小孩，却又不能明目张胆地讨厌，怕被付梅知道。

如果付梅一开始嫁的人是他邵磊，那么他就不会有这种没有孩子的痛苦。

初时走近邵磊，面上平静地问："我妈出什么事了？"

邵磊看到初时，痛心疾首道："你们任家的痛苦为什么要在我们邵家延续？任初时，我真的很后悔帮助你，你的存在就是我这辈子最大的遗憾，你应该也死在那场大火里，一了百了。"

初时冷笑，故意气他："你的样子真让我觉得我们家当年的那场大火是你找人放的。"

"你别血口喷人。"邵磊气急。

"对不起，我就是随口一说。"初时想到母亲，顿时平静。

原来早在去年年底的时候，田桂香就出现了肾脏衰竭的症状，需要每周去医院做两次血液透析。从头到尾，付梅都没对初时透露半分，因为她始终都记得当时女儿说过如果田桂香真的出现尿毒症了，她可以捐出自己的肾。

为了避免夜长梦多，付梅瞒着所有人给田桂香做了捐肾手术。

邵磊气得连离婚都说出口了。

不仅如此，连田桂香和苏松也都知道了事情真相，知道他们的女儿苏荷已经死了，因为邵磊在知道这场手术后，去苏家大闹了一场，责怪苏家怎么能接受他妻子的肾脏，亏欠他们的是任家，和他妻子没

你总是在做别人都不会对我做的事

有任何关系。

当时苏松吓得腿都软了，一句话都说不出来。后来，田桂香出院，他告诉了田桂香事实真相，两个人抱头痛哭了很久，最终才明白了一切。

他们那懂事的宝贝女儿苏荷不是要逃离这个家，而是她真的回不来了。

初时看着自己的母亲苍白着一张脸躺在床上静养，心如刀割。

"妈，你怎么可以什么都不告诉我就做了这个决定？"初时的内心被自责折磨着，痛苦不堪。

"我难道真的要看着我的女儿把自己的一颗肾捐出来吗？你还这样年轻，没有健康怎么行？而我就不同了，我活了这把岁数，什么都经历过了，就是不想失去我的女儿。"付梅有气无力地说。

"我以后不会是你的孝顺女儿，你对我做这些不值得。"初时吼道。

"我不管什么值得不值得。你是我女儿，我什么都可以给你，包括生命。"

"你为什么要让我如此自责？"

"小初，我希望你能像正常女孩子一样谈恋爱，不再畏手畏脚，我希望你跟你姑姑去美国，我希望你能够有比现在更好的未来，我希望我的女儿能够很幸福。"

初时哭着跑出了房间，在邵家的一楼，邵娟一脸憎恶地看着初时，"你怎么不去死？我讨厌见到你。"

初时看了她一眼，没有反驳，悲伤地离开。

身后，贵喜摇晃着尾巴，追了她很久，她不得不冲它吼："快回去，别像我一样，走丢了。"

贵喜就像是听懂了人话一样，眼神悲伤地停了下来，默默送初时离开。

　　她站在苏家门前很久，鼓足了勇气才去敲门。

　　来开门的是付梅请来帮忙的女人，问她是谁，她没有说话。

　　苏松踱着步子来问："是谁来了啊？"他害怕邵磊又过来闹，他的妻子需要静养，再也不能受刺激了。

　　"是我，初时。"

　　苏松愣了愣，才开口："是小初啊。"

　　"叔叔，对不起。我对不起你们。"初时跪在了苏松的面前。

　　苏松摸索着扶起她，流下了眼泪："你起来。"

　　初时痛哭出声，苏松让帮忙的阿姨扶着初时到客厅，阿姨倒了一杯热水给初时就回房间照顾田桂香了。

　　等初时的情绪恢复平静后，苏松才开口说："我们都知道了，虽然很痛苦，也很气愤，但是我们都知道这不是你的错，你也是受害者。"

　　初时抬起头，泪眼婆娑："苏荷死了，我占用了她的名字，还骗你们苏荷已经嫁人了，我真的好坏。"

　　"小初啊，你们为我们夫妻做得够多的了。苏荷要是还活着，也会很过意不去的。"

　　"还不够。这怎么就够了呢？"初时又忍不住哭了起来。

　　"小初啊，你能不能帮叔叔一个忙？"

　　"你说。"

　　苏松摸索着回了房间，好半会儿才出来，对初时说："帮叔叔阿姨找个养老院吧，我们家的房子要拆迁了，我和你阿姨原本是不想拆迁的，怕苏荷找不到回家的路，但是现在我们欠了你妈那么大一个人

197

你总是在做别人都不会对我做的事

情，再不还就太不好意思了。这是拆迁款和这些年你们用苏荷的名义打给我们的钱，你都帮我们还给你妈妈吧，这些年真是太麻烦她了。"

"这不行，我妈的钱我会还给她的，你放心，不会让她在邵家难做人，这些钱你们要养老的，阿姨现在每个月的药钱都不少。"

"你阿姨的药钱，我们会想办法挣的。"苏松一直都是有骨气的人，人穷志不短。

"我把钱还回去也可以，你们要答应我，今后要让我来养你们，你们不要拒绝我的钱就好。"

"好。"苏松暂且答应下来。

初时开始上网搜索扬城口碑不错的养老院，经过实地考察，最终定了城西的一家，签了合同，并一次性付了五年的费用。这些年，她做任远家教的钱存了很多，还掉邵磊当初给的学费，加之这五年的养老院的钱，还剩下不到十万元，她一起给了付梅，以作为田桂香的医药费。

一切都安排妥当之后，她开始找搬家公司来帮苏松和田桂香搬家。

搬家公司的人在打包苏松和田桂香的衣物，初时则在整理苏荷的东西。

她的衣服、书本、从前用过的东西，初时都一一妥帖地放进收纳箱里。

搬家公司的人准备将衣柜拆了搬出去，忽然对初时说："这里好像有个东西。"

"啊？"初时感到十分意外。

"是一本书的样子。"

"你拿下来给我看看。"

那本书满是灰尘，陈旧不堪，初时用纸巾擦了擦，发现这哪里是书，而是苏荷的日记本。

日记本上最后一页的日期是苏荷死的前两天。

这对初时来说是个意外的"收获"。

她没有想到苏荷会有记日记的习惯，这满满的一本心事，被尘封在了这间小小的屋子里，暗无天日，纸张已经发黄发霉。

若不是因为搬家，或许永远也不会被人发现。

初时心里惆怅的同时亦是有些庆幸。

那日，她于凌晨看完了整本日记，夜已经很深，她已经很累。

但是，最后的十几张日记却叫她辗转反侧，再也无法入眠。

"十八岁的苏荷遇到了那个对她很好的秦颂，多幸运。"苏荷在日记里这样写着。

秦颂？

是那个她认识的秦颂吗？是了，那个秦颂也认识一个女孩叫苏荷。

她不由自主地哆嗦了一下，全身的鸡皮疙瘩都起来了。

处理完扬城的事情后，她马不停蹄地回了南城。

她给林伟西打电话，让他帮忙约秦颂见面。

林伟西给秦颂打电话后，秦颂很是意外，苏荷为什么要见他？他很是困惑。

当日，秦颂特地来早了半个小时到见面的地点，可是初时比他来得更早，她静静地坐在座位上发呆，像是在思考什么了不得的问题。

秦颂落座后，初时才回过神来。

把饮品单递给秦颂，点完单后，初时犹豫地问："秦颂，你有苏荷的照片吗？我是说你喜欢的那个女孩，苏荷。"

"有啊，怎么了？"

"能给我看看吗？"

你总是在做别人都不会对我做的事

秦颂瞥了她一眼，从手机里翻出两人的合照，递给初时看。

初时低头看着照片里的人默默红了眼圈，连最后一丝希望都破灭了。

原来苏荷日记里的秦颂真就是眼前的人。

初时将手机递还给秦颂："谢谢，我看完了，真的是和你很相配的女孩。"

"你认识她，是不是？"秦颂的眼中燃起了希望之火，迫不及待地问。

初时怔住了，艰难开口问："你为什么会觉得我认识她？"

"直觉。不然你为什么特地约我出来。我们的交情并不是朋友，不是吗？"

"不认识，我不认识她。"她于慌乱中连连否认，仓皇而逃，秦颂追她出去，却已来不及。

他颓丧地低下头，或许是自己太敏感了，这个苏荷又怎么会认识那个苏荷呢？

初时紧紧地握着自己的手机，望着车窗外的车水马龙，恐慌极了。

如果苏荷没有死在那场大火里，她就能跟秦颂在一起了啊。

她拨打了那个电话，对电话那头的人说："我答应你去美国。"

"好，我会帮你安排一切。"

接下来的时间，初时变得越来越安静，给任远做高考最后的冲刺，给任远做他爱吃的糖醋排骨，陪任远每晚散步聊天，参加自己的毕业典礼，吃散伙饭，时间倒也过得很快。只是，只要一想到秦颂，她的心就开始绞痛。

而她离开的决心也就越坚定。

六月的天气晴朗，似乎考生的心情也晴好，每个人都充满信心地迎接人生的转折。

初时原本前几日就该走的，她坚持到高考最后一门学科考试结束。

此时的她随着众多家长站在学校门外，焦急地等待里面的考生出来。

她看着任远从学校走出来，他的嘴角挂着笑，一副胸有成竹的样子，不似有些学生的一脸茫然。

而他也该是这般模样。毕竟他是自己辅导了三年的学生。

初时看到任妈妈走到任远身边，问他考得如何。

任爸爸连忙打断："别问那么多了，考都考了，成绩出来时自然就知道了。"

"你倒是想得开，我知道你自己也忐忑着呢。"

"没事，儿子，我对你有信心。"

看着这一家人其乐融融的样子，初时感到欣慰。

任静派来的人来到她身边，催她："我们现在就要赶去机场了，不然会来不及的。"

"好。"初时微笑回应。

上车的时候，初时又往那个方向看了看，在心里郑重说：

任远，我心里最明亮的那个少年。

原谅我无法亲口对你说一声再见。

因为也许我们不见才是最好的结局。

当天，任远吃过晚餐后去找初时，可是敲了半天的门都没人应。

他给初时打电话，电话那头的女声说："对不起，您拨打的号码是空号……"

他望着手中那一束特地叫人包装精致的玫瑰花，突然有些慌张。

她去哪里了？

他将玫瑰花放在门外地上，跑回家问妈妈。

"不在家吗？我还打算明天请她吃饭的。"任妈妈亦是一脸茫然。

任远拿了初时家的备用钥匙再次冲出了家门。

果然人去楼空。

初时的行李箱、衣服、书都不见了，这个家被她打扫得一尘不染，客厅桌子上是一束新鲜花束，散发着清新的花香，阳台上她养的花花草草也是生机勃勃的，仿佛房间的主人从未离开。

任远有些难过，这个坏丫头都不告诉他一声就走了，真把自己当风了，来无影去无踪。

他现在是来表白的啊，这一天，他等待了许久，终于要付诸行动时，她却不告而别了。这让他的心里如何能接受？

任远将自己买的花束放了初时的房间里，一遍一遍地给初时的QQ留言。

之后，打电话给了龚行之。

"喝酒吗？"

"行啊。"龚行之以为任远只是单纯地想为庆祝结束高中生涯而放松一下，随口应之。

两少年进了一家酒吧，任远喝得烂醉如泥，龚行之倒是还清醒。

任远边喝边哭，大声喊着："我喜欢她啊。"

龚行之一晚上都听他说了无数次这句话了，"我知道你喜欢她啊，你早点告诉她会死啊？"

"呵呵，早点说我怕把她吓跑了，想着等我高考过后说，就算她被吓跑了，我放假了，会追着她不放的。可是，就差了那么一点点，她就能知道我喜欢她了。"

"也许你们之间就是有缘无分，总是差那么一点点。"

任远醉倒后，龚行之将他送回家。

任爸爸任妈妈皆是吓了一跳，这孩子太放纵自己了，居然喝酒喝成这样了。任爸爸作势要揍他，被龚行之拦住，"任爸爸，您要揍就揍我吧，都是我的错。"

"小崽子，本事大了啊。"任爸爸虽生气，但还是停下手上的动作。

"任爸爸，任远他心里苦闷，这才去喝酒的。"

这倒是稀奇，任爸爸问："有什么苦闷的？高考都结束了。"

"唉，我们小孩子的心思你们大人是不懂的。"龚行之无比惆怅道。

第二天，任远很早醒来躺在床上，他望着手机的照片发呆，任妈妈端了一杯牛奶进来，看到任远失魂落魄的样子，有些担忧地问："你到底是怎么了，发生了什么事情？你跟妈说说。"

"没事。"任远冷漠地回，将自己埋在了被子里。

他把自己关在房间里打游戏，一日三餐都由人送进房间里来吃，简直是放纵到不行。

任爸爸和任妈妈一致觉得这孩子受刺激了，后来猜测，许是预估自己没考好，在惩罚自己。

"多大点事，大不了就是出国嘛。"任爸爸忍着失落，面上笑笑说。

任远没理会爸爸，正全神贯注地攻击对手。

见儿子没理自己，任爸爸脾气上来了，正解着皮带，下一秒就听到任远语气坚定地说："我一定会考上南大金融系的。"

那是苏荷曾经失之交臂的梦想，他来帮她完成。

任远关了游戏，说："爸，你告诉我妈，我今天中午想吃糖醋排骨，特想吃。"

任爸爸怔愣，来不及反应任远的跳跃思维："你妈什么时候做过糖醋排骨了？她都很少进厨房。"

"我不管，我就想吃。"少年倔强地皱着眉头。

"知道了知道了，等着，老爸今天给你露一手。"

几天后，任远收到了一份快递，是大麦网快递过来的两张陈奕迅的演唱会门票，是初时在两个月前订好的，本来想等任远考试结束后一起去看的，但没想到之后会做出离开的决定，所以这两张票她修改了收件人的名字和地址，想着那时候自己不在国内了，任远可以跟任佳佳一起去看演唱会。

初时哪里想到，任远宁可另一张票浪费，也要一个人去看演唱会。

因为这本来就是属于他们两个人的约会啊。即便最后只能一人赴约，他也不愿意让它失去原本的意义。

他在那场演唱会中嘶哑了嗓子，哭红了眼睛。周围的女生都在用奇怪的眼神打量他，他也全然不在乎。

往后，他发了那么多条QQ信息，她都没有回过，她的头像显示不在线。

大概是被她弃用了。

一段时间之后，任远发现她的号码被人占用了，他去跟人谈判，然后花钱买下了这账号。

他开始每天登陆那个号码，希望有朝一日，她再次出现。

只是，她再也没有出现过。

他终究还是弄丢了她。

Chapter 8

/ 她一直在我心里 /

偶尔还是会对这个世界失望透顶，但只要这个世界还有你，它就还是温暖美好的。

那些年里，多遗憾我们的分开不叫失恋，因为我们从未开始恋爱过。

但如果，相遇是一种命中注定，那能不能再相爱？

细细想来，初时世界里的全部温暖似乎都来自于任远。

在美国的时候，她总是会想起，那晚任远背着她回家的场景。

"从我记事开始，从来都没有人这样背过我，可你已经背了我两次了。"

"那被人背着的感觉如何？"

"像是得到了全世界。"

以前，她幻想过自己回到南城与任远不期而遇的场景，不过更多时候她更害怕再遇到任远，怕他们之间还是有那样一道长长的沟壑，跨不过去，遥遥相望。因为在她的记忆深处，他们本就是不相配的两个人。

而她曾经答应他等他高考结束后就告诉他所有的事情。

那只是在骗他。

瞧，任初时不喜欢任远说谎，其实只是因为自己就是个说谎者，常常需要用无数个谎言去圆另一个谎言。

这样真的很不好，所以她不想任远也变成这样的人。他就该单纯得跟白纸一样生活着。

从画廊出来，分别的时候，初时考虑了一番，最终走向林伟西，对任佳佳说："佳佳，如果可以，帮我告诉任远，他送我的狗已经生过三次宝宝了，对不起没能看好它，因为我妈妈说喜欢它的狗狗实在太多了。"

"好的，苏荷姐，我会帮你转达的。"

"谢谢。能让我跟林伟西单独说几句话吗？"

任佳佳笑着点头："当然可以啊。"然后先上车去了，留下他们两个人。

林伟西内心有些欣喜激动，期待着她要说的话，不管是什么。

初时忐忑地问："能给我秦颂的联系方式吗？"她知道自己是有些突兀，但是这些年每次想到秦颂，她都寝食难安，终究是欠他太多，却没有办法偿还。

"为什么？"林伟西很是意外，同时提着的一颗心沉了下去，失望与难过游离于他所有的感官。

"我有些话要告诉他。"

"你们之间到底发生了什么事？我记得那年秦颂也来问我怎么才能找到你，我看得出来，你的离开对他的打击很大，他伤心颓废了很长一段时间。"你喜欢他吗？这最后的问题，他终究还是没有勇气问出口。于他来说，放弃她，始终是一种遗憾，一种痛心。而最终得到她的人，不管是谁，他都会嫉妒到发疯。

"我欠他一个解释。"她当初的不辞而别最对不起的人便是秦颂，她本该全都告诉他的，可是她选择了落荒而逃。

尽管很想一直问下去，可是林伟西还是忍住了，她的事，他现在根本就没立场插手。

"把手机给我。"林伟西说，然后帮她存入秦颂的手机号码。

"谢谢你。"

"苏荷，你知道这些年，我一直都在想什么吗？"林伟西一本正经地说。

"嗯？"

"在今天没见到你之前，我常常在想你的身边是不是已经出现了一位对你百般体贴温柔的男人，你们或许已经结婚生子，过着柴米油盐酱醋茶的平淡日子。也许你依旧是孑然一身，但你事业有成，工作的成就给了你极大的满足感，你暂时不需要爱情。种种猜测，最后的想法都是你一定过得很幸福。苏荷，尽管我曾经对你充满怨念，但是我真的舍不得看到你过得不好，所以，你一定要幸福。我永远都会这样祝福你。"

初时听着这番话，说不感动是假的，但是爱情这玩意，说到底是勉强不来的。

"我希望你能好好地珍惜任佳佳，她是个不错的姑娘，配得上你。"

林伟西尴尬地笑了："放心，我会的。"

我当然知道你会，也许你并没有发现，你从头到尾都没想起要记下我的联系方式，这样很好，我们自始至终都做不了朋友，本该相忘于江湖。任初时在心里笑了。

回到酒店房间，任初时看了手机里秦颂的联系电话，始终都按不下去，她是这样的恐惧，恐惧到想哭。她觉得秦颂会杀了她。

后来，她索性丢下手机，去卫生间卸妆洗脸，换了一身睡衣出来。

从房间冰箱里拿出一罐啤酒喝了起来。她的胃并不好，一罐下去，胃里早就在翻滚，好像一起身，就能吐出来。她用手抵着胸口，等待着这口气平复下去。然后拿起床上的手机，不再犹豫，拨通了秦颂的电话。

喝酒壮胆，这话说得一点都没有错。

电话那头传来一个男声："喂？你好。"

任初时深吸了口气，开口："你好。"嗓子哑了。

"你是？"秦颂不明所以地问。

任初时咳嗽了一声，清了清嗓子："秦颂，我是苏荷，我回来南城了。"

电话那头久久没有声音，任初时一直耐心等着，隐约之间她似乎听到了他的抽泣声。

"秦颂，你还好吗？"初时自责不已，眼泪就这样顺势流了下来。

"你在哪里？我现在过去找你。"

"我明天下午会离开南城，在这之前，我们见一面吧！你放心，这一次我不会再逃了。"初时强调着。

"我还能再相信你吗？"

初时心疼得都快窒息了："对不起。"

"你不觉得你这一声'对不起'对我来说太迟了吗？"

初时急忙说："我知道，我都知道。秦颂，我愿意做任何事来补偿你。"

"你能还给我一个活生生的苏荷吗？"秦颂用略带祈求的语气问。

初时吸了吸鼻子，难以作答。

秦颂苦笑一声："明天的见面地址你发给我吧。"

"好。"

初时刚应下，秦颂就挂了电话。

初时把酒店地址发过去后再次丢下手机，情绪彻底崩溃了。

回想过去的那些岁月，初时拼了命地让自己活得有声有色，因为那都是她偷来的。她偷走了本该属于苏荷的人生，是她连累苏荷失去了年轻的生命，她更害得秦颂丢失了爱情，这样的自己是配不上幸福的，她一直都知道，所以这些年她的神经一直都紧绷着，她只要一想起秦颂，就笑不出来。因为愧疚，她在美国的那些年更是一次都没能梦见苏荷。

可怜的秦颂。她根本就没有办法还给他一个活生生的苏荷。

苏荷已经死了，再也不可能回来了。

"苏荷，我想你。"初时对着空气绝望地喊出声。

初时不知道哭了多久，隐隐地听到了一阵阵敲门声，她起初没在意，以为是隔壁房间的，直到她听到门外有人在叫苏荷这个名字，她才抹了把眼泪，整理了头发去开门。

门外站着孙礼，一个本该离开了的人，此刻正一脸担忧地站在门外，等着初时让他进去。

"你还好吧？"

"我没事啊。"初时故作镇定道。

孙礼情不自禁地伸手摸了摸初时的脸，心疼道："眼睛都哭红了，还说没事？到底发生了什么事？你为何如此伤心？"

"你别问了。"初时拨开孙礼的手，低了低头，想藏下自己的情绪。

"站在这外面也太难看了，你让我进去坐坐呗？"孙礼嬉笑着说。

初时让了让位置，让他进来，然后关门。

"要喝什么吗？"初时问。

孙礼看了看桌子上的啤酒罐，对初时说："啤酒吧。"

"你要开车，还是喝矿泉水吧。"说完，直接打开冰箱拿了瓶水给他。

孙礼接过，无奈笑了："你都决定了，还问我做什么？"

初时嘴角动了动："你怎么还不走？"

"我走了啊。但我又折回来了。"

"为什么？"

"我们那么多年没见，我还没看够你呢。"

"嘴贫！"初时也不当真，因为很多年前，她就习惯孙礼如此了。

"苏荷。"

"嗯？"

"你喜欢那个小男孩是不是？"

初时一时之间不知道要如何回答，她不想骗他，但又没办法承认，这个回答令她感到羞怯，毕竟任远比她小，他是那样纯粹干净的少年。但感情这种事哪里是能控制住的。

她不说话，孙礼就当她默认了。

"为什么是他呢？"孙礼感到受挫。

为什么是他呢？初时想了想说："我向来喜欢简单的。"

任远是她复杂世界里的一股清泉。

那些年，她真心对待的人只有任远和任佳佳，她害怕人心的险恶再次伤害到自己，所以很多时候她都谨小慎微，给自己的心房砌了一道墙，自以为刀枪不入的，那些与她同龄的、比她年长的，她都防备着。任远和任佳佳能够与她亲厚，只是因为他们年幼善良，涉世未深。他们总是笑得没心没肺、毫无顾忌，不懂得钩心斗角与阴谋算计，与他们相处从来都是初时说了算，她无需研究他们是否话中带话，所做的事是否别有目的。这样让她倍觉轻松。

至于爱情，那是一场美丽的意外，是日久生情、久别思念的产物。她无法控制，也没有办法规避。

"我从未想过自己会喜欢上他，我以为在我们之间是不会发生爱情的。是我大意了。"

"你是觉得我不简单吗？我不够单纯？"孙礼追问，"如果你早点说，我可以变得简单单纯的。"

初时摇摇头："那是不一样的。"很多东西，是天性使然，后天改造的，就算再怎么相像，也不是真实。

"时间不早了，早点回去休息吧，我想睡了。"

孙礼还想说什么，但看到初时确实是累了，也就没有勉强她再去进行那个对话。

"我们还能再见面吗？"

"我觉得我们还是不要再见面了。"

"你真狠心。"

"我们之间没有这样的必要不是吗？"无论他怎么努力，都打动不了她，他不是不好，只是不是她心里的那个人，既然没有结果，她又何必给他留下希望。

"我不再喜欢你了，所以，苏荷，你也不用躲着我，我有女朋友了，我们打算结婚了。你放心，从今往后，我对你就是普通同学的感情，不会逾越，给我一个联系方式吧。"

初时看他这样坚持，若她再拒绝，就显得此地无银三百两了，于是给了他她的工作邮箱号。

"我给你发邮件，你会回复我的吧？"他很怕她是在敷衍，很怕一转身就真的老死不相往来。

"会。"

得到初时肯定的回答，孙礼心安了不少，他笑了笑，说："晚安。"

"好的，小心开车。"初时送他到门口。

孙礼回到车上，点燃一支烟，将初时存在他手机备忘录上的邮箱摘抄到自己平时放在车子储物箱里的本子上，借着车厢灯光，用钢笔一笔一画地写上苏荷两个字，力透纸背，这两个字足足花去了一分钟的时间。

烟燃尽后，他才开车离去。

他没有说谎，这段时间，他的确交了一个女朋友，他在她身上能够看到某人的影子，她的性格、行事作风一切都很令他满意，或许他就会一直跟她处下去，会结婚生子，一辈子就这么过下去。他的女朋友一直都以为他当时看着她微怔的样子是因为被她惊艳，对她一见钟情。其实，他只是被那久违了的熟悉感慌了心神。

第二天早晨，初时是被惊醒的。她因为倒时差睡得很沉，连手机闹钟都没听见，反倒是做的梦让自己醒来了。

看了看手机上的时间，并不算睡过头，离她与秦颂约定的时间还有两个多小时，她跟秦颂约了希尔顿酒店二楼咖啡厅的早餐。

说实话，即便一夜过去，此刻她依旧很紧张，洗漱完毕，收拾好所有行李，准备用完早餐直接办理退房。

初时扎了个马尾辫，露出饱满的额头，虽然没化妆，但她皮肤白、气色好，看上去也是精神奕奕的。她坐电梯下到二楼，走进咖啡馆，刚要跟服务员说话就看到了秦颂，她有些忐忑地走了过去，在他对面的位子坐下。

"好久不见。"说这话，她都觉得心虚。

秦颂看她一眼没有搭话，随即招来服务员，让她开一间包厢。

在包厢点好餐后，秦颂才开口对初时说了第一句话："我到底是叫你苏荷还是别的名字？

初时倒也不惊讶，在出国离开前，她把苏荷的日记本里关于他的内容都让林伟西带给了秦颂。

里面夹带着她写的纸条。

213

她一直在我心里

——对不起，秦颂，这才是真的苏荷。

"任初时。秦颂，这是我的真名。"面对他，她已无所顾忌了，所以叫苏荷或者叫任初时都可以。

"那我就叫你任初时吧。"秦颂漫不经心地说。

大概在他的心里，苏荷只有一个，就是他记忆中的样子。初时理解："好。"

"你去美国了是吗？"

"是。"

"这些年，我让人找过你，但是人海茫茫，这个世界太大了。而我又不知道你的本名，真的很难找。"

"对不起。"

"你说太多声对不起了，可是有用吗？"

秦颂在隐忍，事实上如果坐在他对面的是个男人，他一定毫不犹豫地拎起他把他揍个半死再说。但现在，他不能。

"我要从哪里说起呢？"

"那就从头说起吧。"尽管这些年，他大概早就已经拼凑出了这个故事，但他依旧想听全部的。这些年，他怨恨过她，也曾整夜整夜的买醉，就是想让自己停止思考，后来，他也有想过她或许是有不得已的苦衷的。

初时片刻沉默后，理了理思绪，刚准备开口，包厢门被拉开，两名服务员端来他们点的咖啡和点心，然后离开。

初时抿了口咖啡，慢慢放下杯子，开始回忆：

"我和苏荷是最好的朋友，我们从小学开始就是同桌，她一直都是班长，人很聪明很勤奋，虽然不太爱说话，但是大家都喜欢她。她家里的情况只有我知道，父母都是残疾人，没什么劳动力。苏荷有个哥哥，比苏荷更优秀，苏荷上了大学后，他们的母亲却生病了，肾积水，需要长期用药，这对一个本就没什么收入的家庭来说无疑是雪上加霜。因为苏亮是家中的顶梁柱，所以苏荷不想继续看着家中一贫如洗，便私自办理了退学。她还没有成年，也不可能去那些正规的地方打工。一开始可能就是在电子厂里做些计件的工作，后来因收入低不能维持家用，才会换工作，接着遇到了你。我高二那年，苏亮去世了，苏荷回来奔丧，之后我便邀她去我家住。我们家在那个深夜遭遇了大火，全家都死在了那场大火里，而我因被我母亲带到了继父家逃过了此劫。后来警方从路边监控调查怀疑是我父亲曾经关押过的一个罪犯出狱了来报复，我母亲很害怕我会受到伤害，便让我用苏荷的身份活下去。苏荷的父母一直都不知道苏荷去世的事情，我母亲每个月都会以苏荷的名义往她家里打钱，也请了专门的护工去照顾他们。这样持续到我大四的时候，苏荷的母亲出现了肾衰竭的状况，需要换肾，那时，我母亲瞒着我偷偷地给苏荷的母亲捐了肾，苏荷已死的事情，在那个时候，我们也和盘托出。那两个老人，伤心难过了一阵子，也原谅了我们。也是在那个时候，我发现了一个秘密。我起初并不知道你这个人的存在，可是无意间在苏荷的家中翻到了她的日记本，所以，我才会想到问你跟苏荷之间的故事。我从未想过，在这个世界上，有你这样一个人记着她、爱着她，并寻着她。所以，见到你，我真的很慌张。对不起，秦颂，我本该早些告诉你，但是我开不了口。我怎么能够告诉你，你等待多年的苏荷其实早就已经死了呢。我也不想让你忘记苏荷。"

秦颂久久没有说话，他等待多年的真相是这样叫他心寒，命运对苏荷的不公叫他感到愤怒。他的眼睛红了，一直盯着初时看，那眼神中带着凌厉与仇怨。

"为什么死的人不是你？你为什么不去死？"他怒问，全然没有了平日里的理智冷静。

初时擦了擦脸上的眼泪："我也希望死的人是我，我这样拖累苏荷，背负一生的愧疚，活得很没有意思。但我知道苏荷最放心不下的是她的父母亲，苏荷这辈子最大的心愿就是挣很多钱让她父母住大房子，不用为钱发愁，生病了就去医院救治而不是躺在床上拖着导致病情加剧。我在为此努力，在用尽我全部的力气去补救这个错误。我得对苏荷父母的余生全权负责，而且我也在等待，那个害死我爷爷奶奶和弟弟以及苏荷的凶手究竟什么时候才能被抓到。现在，我等到了，那个人被击毙了，所以我回来了。秦颂，这样的回答你满意了吗？活着未必不是一件令人感到折磨绝望的事情。"

"那你要我怎么办？"秦颂有些无力地问，"我这么多年的等待却是一场空，我该去怨恨谁呢？我心里不平衡。"

"你可以怨恨我。"

"好，那我就怨恨你。任初时，这是你欠我的。"秦颂用力说。

"是，这是我欠你的。"

良久的沉默后，初时开口问："我要回家乡扫墓，你要跟我一起去看看吗？"她觉得苏荷一定很想念秦颂，而秦颂也会想要去看看苏荷曾经生活的地方。

"什么时候？"

"我下午就走。"

"好，我跟你一起去。"

初时去酒店负二楼杨天籁的办公室跟她告别，秦颂回家拿行李，然后再来载初时一起去机场。

初时的家乡扬城虽是一座历史名城，然而它的经济发展却是一般，至今都还没有高铁站，就连飞机场也是近几年才有的，在这里不需要地铁，因为在市区从东城打车到西城价格是25元。人们生活节奏缓慢，夜晚十点多街上就没什么人了，不像南城，南城的夜生活是从午夜两点开始的，在那里有许多全国闻名的酒吧一条街。

一个半小时的飞行时间，初时和秦颂终于在这个下午来到了扬城。机场人并不多，显得很空荡，幸好机场外还停着两三辆出租车，不然初时还真不知道要怎么回市区。

她这一趟回家并没有告诉母亲，她母亲前段时间打电话告诉她，当年蓄意纵火的罪犯在抓捕过程中当场被击毙。母亲在电话那头激动地哭了，因为这些年担惊受怕的日子终于过去了，结束电话前，母亲欲言又止最后没说的话，大概就是希望她能回来一趟吧。

可那个时候，她正躺在病房里盼着出院，回国这件事真是心有余而力不足。

这是秦颂第一次踏上扬城这片土地，因为他从来都不知道苏荷就是这方水土养育出来的，这里到处都是古色古香的建筑，亭台楼阁，葱郁绿树，小桥流水，好不惬意。认识苏荷的那年，她说她23岁了，他还看过她的身份证，现在想来那是假的吧。他找她那么多年，从来没有想过她的身份证是假的，她的年龄是假的，她的住址是假的，一切都是假的，除了一个名字。那她对自己的感情是真的吗？他有些迷茫了。他哪里能想到他有朝一日爱上的人是个未成年人。命运真是给他开了一个天大的玩笑。

初时在网上订了一家酒店的两间房，位置靠近老街，闹中取静。秦颂这一路都没怎么说话，初时因愧疚也没有同他讲话。到酒店放好行李，初时想着要不要叫他一起出去吃晚饭，但转念一想，只怕秦颂此刻心里更难受，虽然他距离苏荷更近了。因此，洗完澡后，初时一个人去了老街，此时的老街已经华灯初上，两排商户门口都挂上了大红灯笼，青砖路上，行人络绎不绝。

这些年，初时遇到过形形色色的人，聪明上进的、高冷毒舌的、孤傲自私的、两面三刀的、不择手段的……虽然人在哪里都有好人坏人之分，但最觉亲近的还是家乡人。

她走进了一家店点了一碗桂花藕粉圆子，这家店她还是很多年前来过，那个时候比不上现在的干净热闹。

秦颂也来到了老街，初时看到他走过的身影，跑出去喊住了他。

初时让老板再多做一份藕粉圆子，然后端到秦颂面前。

他们面对面坐着，秦颂用汤勺搅拌了几下，正要将一颗汤圆送进嘴里。

初时提醒："很烫的。"

秦颂看了她一眼，虽然不是很友善，但是也放下了汤勺。

"这就是桂花藕粉圆子？"秦颂的声音很轻，皱眉，"这好像是苏荷最喜欢吃的东西。"

初时心里酸楚："是。"

"因为便宜，是她能够买得起的。"秦颂没忍住红了眼圈。

初时回忆："以前假期间我们经常来这家吃桂花藕粉圆子，苏荷能吃两大碗。"

"是吗？没想到她那么能吃。"

"她还开玩笑说以后要偷师学会了这手艺，跟店老板抢生意。"

"如果她还活着，我不介意给她开间这样的铺子。虽然我觉得她的手艺一定不好，她以前给我做的饭真的很难吃，也不知是故意的还是真的确实没天赋。"

"秦颂……"

"这次我跟你来扬城，一方面是想要看看苏荷的故乡，另一方面是来跟她做个告别。我答应过我姐，三年，如果三年再找不到苏荷，我就死心，现在早就是三年又三年了。如果不是你带给我的困惑让我一直都找不到答案，我可能很早就放下她了。"

"也许吧。"

其实初时不相信他能够放下苏荷。

从前做不到的，现在也不可能做到。

同一时间，远在英国的任远给家里拨打了电话报平安，任佳佳抢过来电话，问他："猜猜我今天遇到谁了？"

任远懒得去猜，直接回："不知道。"

"一个你怎么都想不到的人，我突然觉得世界好小啊。"

"是谁？"任远语气平平地问，其实他并不是那么感兴趣的。

"苏荷，我遇到苏荷姐姐了。"

"你说什么？"

"原来我男朋友跟她是大学同学，这次他们聚餐地点恰巧在我画廊附近，我男朋友就把他的朋友们带过来给我捧场，我就看到苏荷姐了，差点都认不出她了。毕竟我们都很多年没见了。"

"她……她回来了？"任远的声音在颤抖。

任佳佳未曾发现他的不对劲，继续说："她好像刚从美国回来，顺便来南城见见朋友。我觉得好可惜，你如果晚几天出国，说不定就能见到她了。她说我变漂亮了，她都认不出我来了。"

"她有提到我吗？"任远满是期待地问。

"哦，她让我告诉你，你送她的狗生了三次狗宝宝，说喜欢那条狗的狗狗实在太多了。"任佳佳回忆道。

任远忍不住笑。当初说好会看好贵喜的呢？

"对了，她也看到你画的那幅画了，我问她知不知道任初时，她没说话，大概也不知道。哥，你把我们瞒得好苦。"

"是吗？"任远心里咯噔了一下，"任佳佳，帮我联系上她，至少不能让她就这样再次跟我们失去联系。"

"可是哥，我们和苏荷姐姐都分开这么多年了，早就不亲近了啊。"这就是为什么那晚离开前她没要苏荷联系方式的原因，因为她觉得没有必要。

"……"

"人的一生中总会遇到很多人，有些人稍作停留，来了又走，有的人来了就永远地留下了，我们要珍惜的是来了留下的，而不是那些转瞬即逝的匆匆过客。"

一阵沉默后，任远忍着心痛开口："她来了就从来都没有走过，她在我心里，一直都在。我深爱了她那么多年，却从未有机会说出口。我所做的一切努力都是为了她，这一次，你觉得我还能放开她吗？"

"哥，你在说什么啊？"

"苏荷就是任初时。"

任佳佳那日打算让林伟西约杨天籁出来吃饭，好问她初时的联系方式。

谁知林伟西说不需要这么麻烦。

任佳佳困惑不已。

林伟西笑了："我想孙礼一定知道，他不可能会放过这个机会的。他对苏荷总是执着得可怕，不懂得放手为何物。"

"是吗？那太好了，你一定要帮我问到。"任佳佳千叮咛万嘱咐，就差让林伟西写下军令状了。

因为，这件事情对任远来说实在太重要了。

没过多久，林伟西不负她望，给了任佳佳初时的电子邮箱。

她也顾不得时差，给任远打了电话。

英国那边是凌晨两点，但是任远似乎还没睡，声音清明。

"哥，猜我打给你做什么？"

任远愣了会儿，激动地问："你联系上任初时了是吗？"

"没有。"

任远失落，又听任佳佳说："我让林伟西帮我要到了邮箱，你可以跟她联系看看。不过，哥，我说句不好听的话，你爱她，但是她万一不爱你怎么办？"

这些年，他幻想过重逢，幻想过自己对她表白，幻想过她接受与不接受的情景，所有能想到的幸福与不幸，他都在脑子里过了一遍。答案早就根深蒂固在脑海中，不曾改变。

"没关系，我不会放弃的。"

任远挂了电话后，将手中的书放在一旁，下床开了笔记本电脑。

他打开邮箱，输入任初时的邮箱地址，激动地打下一行字，然后点击发送。

——苏荷，我是任远。一定一定要回信。

关于她，这些年他一直都珍藏着两件物品。一条黑色珠子的潘多拉手链和一本书。自看到她留下的纸条，知道她叫任初时后，他就一直上网搜索她的信息，看到了一个叫初时的作者写的一本书，有人想要购买影视版权，编辑却联系不到作者。他起初还不敢确定这个初时是不是任初时，直到后来那位编辑特地找到了玫瑰园初时的地址，任远才确定，并遗憾地告诉她苏荷已经离开了，他也终于明白原来当年初时神神秘秘在图书馆敲打的文档是小说。然后，他上网买了一本她写的书来看，多多少少明白了些什么。关于她为什么由任初时改名叫苏荷，关于她为何和她母亲有隔阂，关于她内心的煎熬与自责，关于她为什么要说自己的人生是畸形的，他终于明白了些。

他的女孩，实在经历太多，缺失太多。

有些遗憾的是，这篇小说里通篇都没有提及他，不知他在她心里是否占有一席之地。如果她知道他喜欢她，不知道会不会很厌烦。他越想越心烦意乱。

第二天，第三天，第四天，第五天，第六天，任远都没有等到回信，当他心灰意冷之际，以为自己再也等不到回信的时候，他的手机接收到了一封邮件提醒。

来自任初时。

任远心花怒放，迫不及待地打开邮件——

只寥寥两行字，却已令他泪流满面。

"听说你喜欢一个姑娘，她叫任初时。

谢谢你，喜欢她。"

番外　Simon Willis

Simon 为什么要去中国留学？

因为他想知道和地道的中国姑娘谈恋爱是什么感觉。

这是受他父亲 Bruce 的影响，Bruce 为了一个中国女人和 Lillian 离婚了，如今他母亲 Lillian 虽已再婚，但是对他父亲的恨意不减当年，并发誓要老死不相往来。

而那个中国女人却没有和他父亲在一起，Simon 才知道是他父亲一直在苦苦追求，但从未被接受，不管他是已婚还是离婚。

中国女人到底有什么魅力能够将情场高手 Bruce 迷得团团转？

在他的青春期里，他交往的女孩都是华裔。她们通常热情开放，除了肤色和发色，她们的脾性似乎与美国当地女孩没什么区别，这让他感到很乏味。

再之后，他就来中国留学了。

后来他终于知道了这种感觉，却觉得自己又什么都不知道。

因为在和慧慧谈恋爱的时候，他的心里、脑子里时常会想起另一个姑娘。

——苏荷。

他好像同时爱上了两个女孩，这很差劲，但他控制不了自己。

梦里，苏荷对他笑得很甜。

然而在现实生活中，她对他很冷淡，甚至连朋友都不愿意和他做。

不过，他的彷徨困惑并没有持续太久，因为他的留学生涯就快要结束了，他当机立断和颜颜提了分手，无比潇洒地回了美国，并很快和一个美国姑娘谈起了火辣辣的恋爱。

虽然，他偶尔还是会想起苏荷，但是这种感觉随着时间和空间的距离变得越来越淡，淡到他无需再为此烦恼。

因着 Bruce 的关系，他在职场上混得风生水起，很快名声大噪。

在 Simon 回国的第三年。

任静主动来找 Bruce 提出结婚。

这把 Bruce 给高兴坏了，多年的凤愿终于得偿所愿，就像在做梦一样感觉到非常的不真实。

Bruce 想给任静办一个盛大的结婚典礼，但是却遭到了拒绝。

任静只想简简单单地办理下法律程序。

这是任静第一次结婚，Bruce 并不想让她受委屈，于是偷偷找了婚庆公司，全权交给他们处理，务必要比当年他和 Lillian 的婚礼还要盛大奢侈。

然后，他们的婚礼成为城中津津乐道的话题。

而任静在正式搬进家里住的同时，开始布置她侄女的房间。

那日是个艳阳天。

Bruce 打来电话让他晚上务必回家吃饭，任静的侄女来美国了。

他从公寓开车回家，刚进家门，就看到了客厅里和任静在说笑的女孩，虽然只是背影，可是 Simon 还是被她的背影吸引住了目光。

她的秀发垂直落在肩膀上，发梢微卷，充满光亮。

女孩不经意间的回眸，令他几乎震惊得说不出话。

任静为他们做了介绍。

女孩看到他表现出来的慌乱表情很快恢复了平静，微笑着对 Simon 说："Long time no see. Hi! Simon."

Simon 没有回应。

任静倒是在一旁很诧异地问："你们认识吗？"

Simon 抢先说："No！"

初时看了他一眼，无所谓地浅浅笑，心想，不承认就不承认吧。

Simon 很快走开，回到房间的 Simon 感觉到自己的心都快要跳出来了。

他几乎失控。

欣喜若狂。

晚饭间，Bruce 对初时嘘寒问暖，让她务必把这里当作自己的家，不要觉得拘束。

他们叫她 Emily。

Simon 在心里默念这个名字，整个吃饭过程故意不去看她，只是眼角的余光里却都是她的一颦一笑。

那日，他难得留下来住宿没有回他的公寓。

过去漫长的岁月中，那些被他刻意压制在心里的非分之想全部都涌现出来，让他避之不及，他的情绪似乎不再受控制，他的心里充满了她，所有的喜怒哀乐都与她息息相关。

他以为回来美国后，他与她就再也不会再相见了。却没想到，她居然就是任静的侄女。

他觉得这是上帝为他打开的一扇门。

一夜未睡，他打开房间门，下楼吃早餐。

初时也在餐桌前端正坐着，她的笑容淡淡地挂在嘴角，胃口似乎不佳。早餐后，任静看初时脸色不好，让她继续回房间补觉去了。

Simon 和 Bruce 则一同离开去公司上班。

路上，Bruce 让 Simon 对初时多照顾些，那是个可怜的姑娘。

Simon 淡淡地"哦"了一声。

很长时间里，他回家回得特别勤快，不过除了吃饭的时间，他鲜少再见到初时。

撇开任静带她出去认识纽约市，其余时间她都窝在 Bruce 的书房里，似乎是在认真学习。

再后来，他回家就再也没见到初时了。

骄傲的他没好意思开口去问任静和 Bruce，而是去问了家中和初时关系好的女佣。

原来她去洛杉矶读书了。

休息日时，他开始频繁飞往洛杉矶度假。

初时就住在 Bruce 在洛杉矶的豪宅里，有专门的佣人负责起居，任静对她这个侄女照顾得无微不至，不曾懈怠。

为了就近和初时生活在一起，Simon 竟然将工作调到了洛杉矶。

是了，批这调令的就是 Bruce。

Bruce 在给 Simon 调令的时候，语重心长地说："你要是喜欢她就别老冷冰冰的。"

Simon 心一惊，故意装傻："我听不懂你在说什么。"

"你当然听得懂。她回来后，你就跟你女朋友分手了，她在报纸上骂你见异思迁。我仔细想了下，你最近身边出现的女孩也就只有 Emily 了，为了她，你现在居然申请调到洛杉矶。"

"好吧，你都猜对了。在中国的时候，我就爱上 Emily 了。"Simon 坦白。

初时没有想到 Simon 刚调到洛杉矶，就一连两个星期都吃住在公司附近的酒店里。

这让初时对他有些刮目相看。

之前她上网搜过他的名字，对于他纸醉金迷的生活，大家都有质疑的声音，但是从没有人质疑过他的工作能力，有媒体人觉得这是他的魅力，他公私分明，不因为 Bruce 这个大靠山在而懈怠自己的工作。

先前她还质疑，现在她相信了。

初时再次见到 Simon 的时候，他正胡子拉碴地坐在餐桌前吃早餐，他的黑眼圈可以媲美大熊猫了。

初时坐在他的对面，拿起杯子喝了一口牛奶。

长久的沉默后，Simon 开口问："你周末有时间吗？"

"你在跟我说话？"初时惊讶道，这些天他对她爱理不理的，她都习以为常了。

"这里还有其他人吗？"

"有啊。"初时无辜地指了指不远处的佣人。

Simon 有些被气到："那么，你到底有没有时间啊？"

"有吧。"

"跟我去个地方吧？"

"去哪儿？"

"你来美国除了纽约和洛杉矶哪里都没去过，我正好要去拉斯维加斯谈项目，你可以跟我一起去玩玩。"

"拉斯维加斯？著名的赌城啊。"

据说现在的拉斯维加斯是全球新人蜜月旅行的首选地区。

这座活色生香的城市，有着全球最简单的婚姻登记制度。

对于初时来说，这座城市已经被世人披上了一层神秘的面纱，她倒是蛮好奇的。

"那就去吧。"

Simon 低头，不动声色地笑了。

从洛杉矶沿着 15 号州际公路，开车一路向北，经过四个小时，他们终于抵达了拉斯维加斯。

Simon 订的酒店是拉斯维加斯大道的米高梅酒店，据说这里有着五千多间客房，建筑风格模仿了 18 世纪佛罗伦萨的别墅式样，各种光怪陆离的装饰无不彰显着这个赌城内最大酒店的奢华气派。

办理好入住后，Simon 带着初时去自助餐厅吃饭。

同行的人还有 Simon 的下属们，他们似乎都对初时这个亚洲面孔很好奇。

吃饭过程中，Simon 和初时全程无交流。

只是，Simon 会绅士地帮初时拿各式佳肴。

午餐后，Simon 就和他的同事们去会议室开会去了，初时则回别墅。

晚上，Simon 回到别墅就见到初时那样安静地睡在客厅沙发上，地上是一本小说，全是中文，Simon 弯腰帮她捡了起来，因开了一下午的会很疲惫，在这一刻突然消失不见，变得平静。

他静静地看着她的脸，不敢发出任何声音，怕吵醒她。

睡着的 Emily 是这样的可爱。

他竟忍不住上前亲吻了她的额头，然后将她抱回房间里的床上躺好，替她盖好毯子，轻轻地关了灯。

她曾说过喜欢把她当孩子一样宠的男人。

有何不可？

第二日，初时醒来后刚出房间就看到了跑步回来的 Simon，他的额头上都是汗，他回房间冲完澡就出来陪她吃早餐。

用完早餐后，他带她在赌场里玩，逛精品店，带她看演出，他就像变了一个人一样，更像初时在中国遇到的 Simon 的样子，不再那么有距离感，总是很有耐心。

从拉斯维加斯回来后，初时想要学车，跟任静打电话的时候被 Simon 听到了，Simon 就揽下了这活，教初时开车。拿到驾照后，初时亲自做了一桌子菜答谢 Simon，那桌菜里的糖醋排骨最得 Simon 喜爱。后来只要一有时间初时就会做糖醋排骨，Simon 怎么都吃不厌，十分陶醉地说自己已经深深地爱上了这道菜。

初时的研究生课程结束后，就从洛杉矶搬回了纽约，跟同学去夏威夷玩了一周后就到 Bruce 的银行上班，从分析师做起，每天从上午十点工作到凌晨，周末亦是需要加班。这样的努力让她在职场的第一年就拿到了三十万美元的薪资。

当然 Simon 已经升为副总裁了，财经杂志上的他愈发意气风发。

在他的庆功宴上，Simon 当着众人的面，对初时表白，999 朵玫瑰花，漂亮的钻石项链，羡煞众人，就在大家都以为他们接下来会亲吻的时候，初时不无遗憾地告诉Simon："我已经有喜欢的人了。"

Simon不相信，这些年，他的眼睛一直都盯着她，如果初时真的有喜欢的人，他怎么会不知道？而每次他只要说想吃糖醋排骨，初时不管多累都会做给他吃，他以为她对他也是有感觉的。所以他才会选在纽约最高级豪华的餐厅，在这么多人的面前对她说爱她啊。

"你如果不喜欢我，为什么要做糖醋排骨给我吃？"

"因为我喜欢的那个人也很喜欢吃糖醋排骨。"初时对他说。

Simon直视眼前这个女人，他真的是要气疯了。

"那个人在哪里？你告诉我。"

"在我心里。"初时笑着流泪。

她得了一种名叫相思的病。

所以才会在园子里种满了蔷薇花，因为蔷薇花的花语是爱的思念。

每一个夜深人静的夜晚，只要初时想念他，就会去南大的BBS上搜索他的信息，她离开后，他身高长到了181厘米，眉眼轮廓褪去了青涩，是金融学院的院草，甚至是南大的校草。他养了一只萨摩耶，经常在学校里遛狗，初时觉得那只狗很像贵喜，估计也是龚行之家的狗的后代吧。在学校里，有许多女生都爱慕他，然而他的心思都只扑在学习上，没有恋爱史。这让初时心里多少得到了安慰。

她的少年，从来都不会让她伤心难过。

初时将全部的心思都花在了工作上，直到晕倒在办公室。

工作将她的身体累垮，与此同时垮掉的还有她的斗志，出院之后，她每天除了发呆就是发呆，不看手机和电脑，不理会任何拨打进来的电话，将自己关在房间里。

任静问她究竟在想什么。

初时有些恍惚地说："想念任远啊。"

任静叹息一声，安慰道："人死不能复生，都已经过去那么多年了，他早就重新投胎转世了。"

"姑姑，我想回国看看。"

后来，任静才知道，原来这个世界上真的还有另一个任远，一直在等待着初时。

番外　Simon Willis

开头的徐徐道来慢慢将我引入这个故事，几页过后，早就忘了这只是一个故事，初时是真实的，任远是真实的，那些年少的悸动与惘然都是真实的，每一个人的身上都有现实的影子，这是一本细腻又贴心的青春日记本。

——孩子帮

这是一段让人无法自拔的青春，那么美好，却又那么残酷，那么温暖，却又那么悲伤。就像任远记得初时的一切，记得她曾说为他骄傲，记得她的梦想是做自己，我们也会记得，记得他们曾经经历的一切，记得这个故事给我们的感动。

——云上

当任初和我说起这个故事的时候，我觉得它应该会很温暖。在我们年岁渐长后再回头来探讨爱情这个主题时，应该要发现它的欢愉和眼泪背后更深的意义，就好比任远因为初时学业进步、性格蜕变，成长为更优秀的自己；而初时也因为任远，最终结束了顶用别人姓名的人生，有勇气直面最真实的自我。这也许就是这本书里有关爱情的体会，它是你带来的全世界的温暖和光芒。

——苏沐梓

关于暗恋这件事，总是青春里最纯粹的经典话题，我想幸福就是我暗恋的那个人原来也一直在暗恋我。

——竹宴小生

时光绕过天荒，世事穿越地老，最后令我们感动的仍是任初时与任远最初和最后的爱。

——薇拉

图书在版编目（CIP）数据

全世界的温暖都与你有关 / 任初著 . -- 北京 ： 北京联合出版公司， 2016.10
ISBN 978-7-5502-8422-7

Ⅰ．①全… Ⅱ．①任… Ⅲ．①长篇小说－中国－当代 Ⅳ．① I247.5

中国版本图书馆 CIP 数据核字（2016）第 192395 号

全世界的温暖都与你有关

作　　者：任　初
出版统筹：新华先锋
责任编辑：管　文
特约监制：黎　靖
策划编辑：齐雪娇
版式设计：徐　倩
封面设计：郑金将
封面绘画：凉　岛
营销统筹：章艳芬

北京联合出版公司出版
（北京市西城区德外大街83号楼9层　100088）
北京慧美印刷有限公司　新华书店经销
字数124千字　620毫米×889毫米　1/16　16印张
2016年10月第1版　2016年10月第1次印刷
ISBN 978-7-5502-8422-7
定价：36.80元